Roberto Araújo

A
Magia
do
Jardim

Copyright © Roberto Araújo, 2014/2020
TODOS OS DIREITOS RESERVADOS PARA

EDITORA EUROPA
Rua Alvarenga, 1416 - São Paulo, SP - CEP 05509-003
Telefone: (11) 3038-5050
atendimento@europanet.com.br
www.europanet.com.br

Diretor Executivo: Luiz Siqueira

Arte 2ª edição: Ludmila Viani Taranenko
Imagens: Shutterstock

Comercial e Livrarias
Paula Hanne – paula@europanet.com.br – (11) 3038-5100

Atendimento ao Leitor
Fabiana Lopes – fabiana@europanet.com.br – (11) 3038-5058

Promoção
Aida Lima – aida@europanet.com.br – (11) 3038-5118

Impressão: Gráfica Eskenazi

Dados Internacionais de Catalogação na Publicação (CIP)
(Daniela Momozaki - CRB8/7714)
Araújo, Roberto
A magia do jardim / Roberto Araújo -- São Paulo:
Editora Europa, 2014 (Biblioteca Natureza).
ISBN 978-85-7960-249-8
1. Literatura brasileira - Contos 2. Flores I. Título II. Araújo, Roberto
CDD 869.93
Índice para o catálogo sistemático
1. Literatura brasileira : Contos : 869.93

*Para Shirley,
a flor da minha vida.*

*Depois de ter entrado para rã, para árvore,
para pedra — meu avô começou a dar germínios.*

Queria ter filhos com uma árvore.

*Sonhava de pegar um casal de
lobisomem para ir vender na cidade.*

Meu avô ampliava a solidão.

*No fim da tarde, nossa mãe aparecia
nos fundos do quintal: Meus filhos,
o dia já envelheceu, entrem pra dentro.*

*Um lagarto atravessou meu olho
e entrou para o mato.*

Se diz que o lagarto entrou nas folhas, que folhou.

Manoel de Barros, Livro Sobre Nada

Apresentação

Um jardim pode ser um ambiente mágico onde a vida se realiza. Talvez em nenhum outro lugar a integração entre o homem e a natureza aconteça com tanta intensidade. É por isso que, cada vez mais, homens e mulheres têm se dedicado ao jardinismo, buscando o relaxamento, a paz interior e, principalmente, a compreensão dos mistérios que harmonizam o espírito.

É a história do médico mal-humorado que vê sua vida se modificar quando ganha uma orquídea, do avô que faz um jardim cheio de magia para o neto, de como cultivar suculentas pode ser divertido, da jovem apaixonada que manda uma flor ao namorado distante, e tantas outras, escritas de forma leve e agradável para serem apreciadas por pessoas de qualquer idade.

Mais do que uma visão sustentável ou ecológica,

o que proponho é a vivência em um jardim como um fator transformador e de compreensão de si mesmo e das pessoas que estão próximas.

Como editor a *revista Natureza*, observo a força das plantas e das flores o tempo inteiro. Ouço também muitos casos de pessoas que se sentem muito melhores e mais felizes depois que escolheram cultivar jardins. Nos primeiros dez anos nesse trabalho, colecionei experiências que publiquei no livro *O Poder do Jardim*.

Neste *A Magia do Jardim* quis dar mais um passo, brincar um pouco também com a forma, fazer com que as histórias que conto se arrumassem nos mais diversos estilos, em um gostoso e descontraído canteiro de palavras.

R.A

Sumário

Maricotinha 12
O testemunho das Oliveiras 16
A Rosa e a Pedra 18
A primeira flor do mundo 20
As místicas flores azuis 24
Gota a gota 28
Chove lá fora 30
O céu dos jardinistas 32
O médico, a benzedeira e o dragãozinho palhaço 34
Fantasias para orquídeas 51
Namoro 53
O homem e a flor 54
O Sonho de cada um 56
Somos todos iguais 58
A rainha que virou pizza 60
O espírito do jardim 62
Elas estão sempre ao seu lado 64
Cores do outono 66
Em busca das árvores com folhas vermelhas 68
O tempero mais caro do mundo 73
Arbustos, esses incompreendidos 74
A fonte do poder 76
A fada da primavera 79
A tulipa e o mercado financeiro 81
E o homem criou o vaso 82
A árvore mais velha do mundo 84
Lembrar e sorrir 86
Um capricho tamanho gigante 88
Quem protege o seu jardim 90
Plantas perfumadas 92
A magia do jardim 94
Vanda, a inconfundível 110

Uma história de ciência e beleza 112
Fabulosas folhas 114
Ipê amarelo 116
Água da vida 118
Fedorzinho bom 120
Descobertas pelo caminho 122
Um barco para colher Jatobá 124
Belezas diferentes 130
Vento, o semeador invisível 133
Ser igual é para as fracas 136
A planta que queria dominar o mundo 138
A aventura de viver o novo 142
As pitangueiras da Avenida Paulista 144
A árvore que perfumou a mulher 146
Florir e sorrir 148
Motivos 150
Jardins da vitória 152
Mulheres jardinistas 156
Um jardim de outro planeta 158
Seres inteligentes cultivam jardins 161
Lulu 163
Tímidas e maravilhosas 166
Temperos 168
A expressão das plantas 170
Tão perto, tão distante 172
Pedido aos jardinistas 174
Dois tempos 176
Sons no jardim 178
Viver de vento 180
A poderosa flor da montanha 182
Entre flores e folhagens 184
Contrapontos 186
Carta a um jovem jardinista 188
Uma velha amizade 190
O encanto da primeira vez 192

Hummm, que delícia 194
O pinheiro que virou navio 197
A folha que purifica 199
A árvore e o xarope 205
Chão de flores 206
Sangue Verde 208
É de dar água na boca 212
Desafie a eternidade 214
Divino exagero 216
Gordinhas e Divertidas 218
O mito da faia 220
Jardins de Orlando 222
Os limites da Natureza 225
O vilão dos jardins 226
A árvore e o aviador 229
É mais simples do que parece 231
A flor que não pode florir 232
Doce de orquídea 234
Um caso de amor 236
A Flor de Lótus é pop 238
Sonho azul 240
Belas e versáteis 242
A árvore que é um fóssil vivo 244
O primo real da alcachofra 246
Histórias de famílias 248
Um susto na rotina 250
Cada planta com sua vocação 252
Óculos escuros para plantas 254
Personalidade forte 256
O que não pode ser comprado 258
A semente que brota na alma 260
Olhos de Beladona 262
A flor da neve 264

MARICOTINHA

Gostei dela à primeira vista. Fiquei fascinado pelas folhinhas azul-esverdeadas, pelo cheiro forte e muito particular, e até pelo vasinho pintado à mão no qual ela vinha. Um presente de minha mãe, para proteger meu novo apartamento, tão distante da nossa cidadezinha do interior.

— Tem muita gente invejosa nesse mundo. Ela vai te proteger — advertiu dona Nenê.

Claro que não acreditei. Justo eu, um estudante de jornalismo voltado exclusivamente aos fatos, não iria dar bola para essa bobagem. Apesar disso, ela me conquistou. Maricotinha. O nome veio na hora. Não ia ficar chamando de arruda, palavra feia, com dois erres no meio. Maricotinha. Sim, Maricotinha. Um nome sonoro, cheio de vogais, feminino, bem ao gosto para dividir meu espaço, pela primeira vez fora de casa.

Maricotinha então ganhou seu lugar na estante de livros. Ficava perto da janela. Mal levantava da cama, ia dar bom-dia para ela, sempre com um pouco d'água e, de vez em quando, também com um bocadinho de adubo.

Curioso como sempre fui, não podia admitir uma companhia feminina em casa sem saber de quem se tratava. Assim, logo fui abrir a enciclopédia botânica que minha mãe tinha me dado e procurar saber um pouco mais sobre minha nova amiga.

Primeira grande descoberta: a arruda é comestível. É um dos temperos originários do Mediterrâneo. Arranquei uma folhinha e enfiei na boca. Amarga. Boa. O livro recomendava usá-la com moderação em saladas e sanduíches e dizia que era comum ser usada como tempero na África. Na Itália, é muito comum colocar a arruda na grapa, para fazer a *grappa alla ruta*. Ótima também como calmante — pode ser feita uma infusão com 20 gramas por litro de água —, mas deve ser evitada por mulheres grávidas, pois tem propriedades abortivas. Efeito emenagogo, aprendi mais uma.

Pode ser usada como repelente de insetos, porém tem uma forte restrição: esfregada e exposta ao sol, pode causar na pele sérias irritações, como o limão.

Não é que a *Ruta graveolens*, da família das Rutáceas, simboliza um país, a Lituânia, no leste europeu? Faz parte do folclore nacional e simboliza a pureza das moças. Ao se casarem, elas fazem uma coroa com a arruda que é queimada na cerimônia como símbolo da passagem da juventude descontraída para a vida adulta.

É, mas e o tal do mau-olhado, olho gordo, quebrante, de que minha mãe tinha falado? Será que a arruda era boa mesmo contra isso? Os negros que vinham escravizados da África gostavam de usá-la na orelha, uma forma de proteção, prática comum até hoje. Porém, os senhores reprimiam tal prática classificada como ofensiva ao catolicismo que praticavam. Os negros escondiam, então, as folhas dentro da boca.

Se Maricotinha era minha amiga, eu estava louco era para arrumar uma namorada. Sandra era uma das colegas de classe que mais chamavam a minha atenção. Só que eu era muito tímido e tinha vergonha de me aproximar, apesar de só ter olhos para ela.

Eu e o Paulão. Toda vez que eu, depois de muito ensaiar, ia conversar com a Sandra, o cara chegava junto para me atrapalhar. Ainda bem que a Sandra gostou de mim e me acolheu com seu sorriso largo e o brilho de seus olhos cor de mel. Quando começamos a namorar, o Paulão nos encontrava de mãos dadas e sempre repetia um comentário:

— Nossa, que casal mais lindo!

Eu não entendia por que mas a Sandra ficava diferente. Recusava meu convite para ir ao cinema e passear depois da aula. Ou, então, Paulão dava uma piscadinha enquanto falava:

— Vocês vão ter filhos lindos.

Sandra se afastava, implicava com meus cabelos compridos, dizia que eu precisava aprender a passar as camisetas que eu vestia do jeito que estavam quando tirava do varal. Eu achava que passar camisetas era pura perda de tempo e logo começava a discussão. Só por coisas bobas.

Até que um dia tivemos de fazer um trabalho de jornalismo comparado e o Paulão caiu no nosso grupo. A reunião ia ser na minha casa. Paulão foi o primeiro a chegar. Mal entrou e olhou para a Maricotinha:

— Nossa! Que planta mais linda!

Sem jeito, apresentei:

— É a Maricotinha, minha arruda de estimação.

— Bonita. Você é uma pessoa de muito bom gosto nas suas escolhas. Maricotinha, é?

Paulão não tirava os olhos da minha planta. O grupo chegou. Nessa tarde não consegui prestar atenção em nada do trabalho. Tudo o que eu queria era acabar logo com aquilo. Na hora das despedidas, quando Paulão percebeu que Sandra ia ficar em casa, olhou bem para nós dois e repetiu seu bordão:

— Que belo casal vocês formam.

Me preparei para o pior. Pronto. Ia ter briga. Não, não dessa vez. Sandra estava ótima, ficamos de papo por várias horas discutindo *À Sombra das Raparigas em Flor*, de Marcel Proust, que estávamos lendo na época.

No dia seguinte, como sempre fazia ao acordar, fui dar bom-dia à Maricotinha. Estava murcha. Talvez eu tivesse me esquecido de molhá-la. Enfiei o dedo na terra. Não, ainda estava úmida do dia anterior. Molhei mais um pouquinho, falei com ela com todo carinho.

Por mais que eu cuidasse, Maricotinha piorava a cada dia. Enquanto isso, Paulão decidiu abandonar o curso. Garantiu que jornalismo não era para ele. No dia que disse adeus, cheguei em casa e constatei: Maricotinha estava seca. Tinha morrido.

Sandra foi minha namorada por dois anos. Me lembro sempre dela com muito carinho. Só não consigo evitar um arrepio quando me lembro daquele olhar do Paulão. Ainda bem que, na minha casa, nunca mais faltou uma Maricotinha.

O TESTEMUNHO DAS OLIVEIRAS

Tinha de ser naquele jardim. Não era florido, havia quase só areia e pedras e umas tantas árvores, todas oliveiras, todas de caule retorcido com anéis cinzento-esverdeados, todas muito antigas, assim como antiga é a convivência entre homens e oliveiras. Aquele Homem, ainda havia pouco, tinha participado de uma ceia, que ele sabia ser a última, como sabia o que o esperava no dia seguinte, uma sexta-feira, e por isso orava.

Orava no jardim que tinha um nome nada poético: "prensa de azeite" ou Getsêmani, em aramaico, que era a língua que o Homem falava. Prensa porque é assim, prensada a frio, que a azeitona entrega seu óleo à humanidade desde os primórdios. Óleo que, em lamparinas, iluminou cavernas, tendas, casas e castelos. Óleo que tempera e alimenta. Óleo que é o unguento que cura. Óleo que batiza os recém-nascidos e dá forças aos velhos, enfermos, na despedida.

Despedida que Ele fazia naquela noite, antes do beijo da traição, aos pés das oliveiras. Nenhum era como Ele, mas elas, as oliveiras, desde sempre foram honradas por deuses e deusas como Ísis, esposa de Osíris, que há 6 mil anos tinham ensinado os egípcios a cultivar a árvore. Ou Atenea, que bateu com seu tridente no solo da Grécia para que surgisse a primeira oliveira. Ou até da pomba que Noé soltou, lá no co-

meço do mundo, ainda no dilúvio, e que voltou trazendo no bico um ramo da oliveira.

Oliveira da qual Ele sabia da força e dos poderes, como sabia da fraqueza dos homens que ainda naquela noite O negariam. As oliveiras e as filhas das oliveiras ainda estão lá, mais de dois mil anos depois, dando testemunho do que passou sob elas, no mesmo jardim, com a mesma areia e as mesmas pedras, sem nenhuma flor, mas com a eternidade em suas folhas.

A Rosa e a Pedra

Como pode uma rosa ser de pedra
se no coração de cada
rosa mora tanto sentimento?

Como pode uma beleza tão delicada
ser esculpida como se pedra fosse,
na forma de pétalas?

Rosa de pedra com alma de flor.

A primeira flor do mundo

Vó, para que existem flores?
A pergunta da menina fez a elegante senhora parar por um momento a montagem do arranjo que fazia para a festa da primavera, quando gostava de reunir toda a família para um jantar.

— Para enfeitar a vida da gente, ora — respondeu.

— Não, vó, de verdade. Deus não deve ter tido essa trabalheira toda de fazer tantos tipos de flores só para a gente achar bonito.

O arranjo teria de esperar. Ela sabia que Victória não se contentava com pouco.

— Entendeu, vó? Tem flor grande, pequena, vermelha, amarela... Não tem até flor que come abelha?

— Tem sim, Victória. Vem cá, senta aqui comigo que vou te contar a história das flores.

— Então conta. Qual foi a primeira flor, a avó de todas?

A senhora falou do curso de botânica que fez na Inglaterra com o professor Ian Stewart. De como ele falava de quando o planeta era todo verde, só com coníferas e samambaias, até que de repente, por essas mutações caprichosas da Natureza, surgiu uma flor branca muito parecida com a atual *Amborella trichopoda*.

— Ai, vó, que nome!

— O nome não é importante. O legal é que foi uma revolução na floresta. Todos os besouros, insetos e outros bichinhos foram ver do que se tratava. Esfrega daqui, esfrega de lá, levaram o pólen de uma flor para a outra. Havia sido descoberta uma nova forma de reprodução dos vegetais.

— Aí as outras plantas ficaram com inveja e copiaram? — quis saber a menina.

— É, mais ou menos isso. Tem gente que duvida,

mas as plantas são muito inteligentes. Como elas não andam, sempre acham um jeito de encontrar um namorado, ter filhinhos.

— Entendi! As flores avisam que querem namorar e as abelhas levam o e-mail de uma para a outra.

— E-mail? — surpreendeu-se a senhora. — É, pode ser. Mas as flores queriam mais. O planeta é grande e elas queriam ir longe. Precisavam atrair animais maiores.

— Como os macacos?

— Ou os humanos, que começavam a aparecer. Foi quando inventaram os frutos bem gostosos e esconderam sementes neles. A semente é a maior prova de inteligência das plantas. Quando tem incêndio na floresta, são as elas que começam tudo de novo.

— Que bacana, vó. Essas plantas com flores e sementes têm nome?

— Claro que têm. São as angiospermas.

— Cada palavra difícil! Mas tem planta que não tem flor. Elas não ficam chateadas?

— Não, querida. As plantas são muito espertas. Elas estão por aqui muito antes dos dinossauros e já passaram por muita coisa. Gostam de ser diferentes umas das outras, pois assim sempre se viram no esquenta-esfria do planeta, chova ou faça seca. O importante é manter o planeta vivo e bonito, uma geração depois da outra.

— Por isso você é velha e eu sou criança?

— Isso mesmo. Eu já cultivei muitas flores. Logo vai ser a sua vez de enfeitar o planeta.

— Por isso você faz festa da primavera, vó. Parece até Natal.

— Nunca se esqueça: nós fazemos parte da natureza. E o início da primavera é a melhor época para celebrar a renovação da vida e do planeta. Quando você crescer, faça também essa festa e lembre-se de mim.

As místicas flores azuis

Ela chegou tarde, pobrezinha. O amarelo das manhãs já tinha sido levado. O vermelho dos finais de tarde e dos vulcões tinha acabado. Havia tempos, o branco iluminava os canteiros. No mercado divino das cores, também não havia mais laranja, nem rosa, tampouco cor de chocolate. A ela restaram o verde, que não quis (onde já se viu uma flor da mesma cor das folhas?, resmungou), e o azul. Pegou o azul pensando no céu, nas águas límpidas, nas noites de lua. Mas era tão pouquinho e discreto que não deu para muita coisa.

Desde então as flores azuis se tornaram o sonho dos místicos, dos poetas românticos e de escritores como Henry van Dyke, que, no século XIX, escreveu o conto "A flor azul". Pela sua exoticidade, a elas sempre foram atribuídos poderes extraordinários, portais para outras dimensões e muitos mitos religiosos. Sobre o miosótis, por exemplo, para os católicos, foi uma lágrima de Nossa Senhora que caiu e deixou a sua flor azul para todo o sempre.

Um jardim para ser completo precisa de flores azuis. Assim como elas são diferentes das outras plantas, seu uso também deve despertar a fantasia de sua beleza única.

São muitos os azuis. Há o claro, o escuro, aquele

que chamam de roxo, outros são o violeta, o celeste... cada espécie escolhe o seu azul, nem sempre fácil de nomear. Tanta sutileza com um único objetivo: a polinização. Acontece que os insetos enxergam um espectro de cores diferente dos humanos, inclusive o ultravioleta, e é a eles que as plantas querem agradar. Se deve ser bom para eles, muito melhor para quem gosta de jardins.

Usar as plantas azuis no paisagismo tem uma regra fundamental. Por mais bonito que seja um agapanto, se usado sozinho, ele some. O azul de suas flores desaparece facilmente, misturado com o verde das folhas. Ele fica bem mesmo é em canteiros com o máximo possível de mudas. Aí, quando florescem, surgem as manchas azuladas que tanto agradam aos jardinistas.

De todos os tons de azul, alguns são verdadeiras raridades na Natureza. A trepadeira jade (*Strongylodon macrobotrys*) é daquelas flores que é preciso se esforçar um pouco para acreditar que efetivamente existe. É o sonho de todo jardinista que mora nos trópicos. Também a brasileiríssima planta anil (*Stachytarpheta martiana*), lá das montanhas da serra do Espinhaço, em Minas Gerais, merece ser cultivada não apenas pelo azul mais raro da natureza, como por estar em extinção. Nada, porém, supera a beleza do rio de jacintos-uva-azuis (*Hyacinthus orientalis hybrid*), uma tradição do parque Keukenhof, na Holanda, que mostra na primavera de cada ano alguns dos mais belos canteiros do mundo.

Não é essencial, mas ajuda muito ter um pouco de alma de artista na hora de fazer canteiros com as flores azuis. Os pintores sabem que uma cor só se destaca se tiver uma outra contrastante por perto. Se for fazer um canteiro com as azuis alfazemas, jamais se esqueça do maciço de lírios amarelos. Por serem cores complementares, uma sempre ajuda a outra.

Certos canteiros podem ser pensados como quadros. No chão, diferentes espécies, todas com diversos tons de azul, roxo ou violeta. As folhas fazem o contraponto com uma rica gama de verdes, inusitados formatos e texturas. Assim o canteiro se torna um quadro vivo, mais valioso ainda porque vive seu esplendor e, depois, se acaba. Primeiro perde as flores, em seguida as folhas murcham... Até tudo renascer nas mãos de um jardinista inspirado.

Quadros que podem também ser feitos com uma árvore-batata-azul, um arbusto cultivado como uma arvoreta, tendo um muro de pedras como pano de fundo.

Apreciar as flores azuis tem a função extra de promover a calma e a meditação. Não só pela cor, mas também pela infinidade de formas que as flores podem assumir. Esbeltas e retilíneas como a íris, com seu formato que lembra orquídeas; ou como a mini-petúnia, que se esparrama pelo chão. Seja qual for a sua escolhida, tenha sempre uma flor azul no jardim. Se ela já inspirou tantos poetas, também vai inspirar você.

Gota a gota

A água é o mundo pelo avesso. A pedra se prolonga, a verbena vermelha balança como se o vento fosse líquido e a árvore se aprofunda, vai bem dentro, naufraga feliz. Até a montanha, lá tão distante, cabe em um pedacinho do infinito que a gente chama de lago.

A água é leve como o pensamento, balança ao acaso, a alma vê a si mesma refletida numa dança de vai e vem, vem e vai, ao sabor das pequeninas ondas que tanto encantam em um jardim.

A água tem a calma do infinito. Presa no laguinho, ela é livre, brinca com os peixes, dá de comer às plantas, vira cambalhotas na pequena cachoeira, rodopia com o vento e, quando se cansa, faz um pacto com o sol e sai por aí. Vai ser nuvem no céu, geleira no Ártico, rio no Amazonas, oásis no Saara. Ela não se importa, é tudo só por um tempo.

A água é azul. Mas dentro dela moram todas as cores do prisma. Quando voa, brincando na fonte, chuta amarelos, cospe vermelhos, dribla verdes, dá risadas com os laranjas, se esborracha na superfície com os violetas. É brincalhona a água.

A água é parente da gente. Escondida atrás da pele, circula com o sangue, do fio do cabelo que hidrata às garras de queratina chamadas de unhas. A água tudo faz. Por vezes, quando a emoção cresce muito, é ela, a água com um pouquinho de sal, que escorre dos olhos para a face. Gente é água com alma.

Olhar a si mesmo na água é contemplar o eterno. É bom ficar por ali, preso em seus encantos, como Narciso, o belo jovem que virou flor. Se, no princípio, fez-se a luz, foi com a água que a vida se fez.

Chove lá fora

Tenho mania com chuva. Fico à janela, extasiado. Ela bagunça a paisagem, dá movimento às árvores, afoga os canteiros. Aos ouvidos, a chuva é uma orquestra mágica: cada gota toca uma nota nos brinquedos que as crianças esqueceram no jardim, na folha da palmeira, no bate e rebate da água da piscina.

O mais fascinante é que a chuva cheira, tem um perfume único, inconfundível, que rescende da terra molhada.

Da janela, estico o braço e capturo com a ponta do dedo uma gota que cai das nuvens. Dou uma lambida e sinto o gosto do infinito.

O CÉU DOS JARDINISTAS

Tulipas vermelhas, jacintos azuis, narcisos amarelos... Cada um deles, sozinho, já é um espetáculo. Mas se você tiver 7 milhões de bulbos floridos, poderá fazer um jardim como o de Keukenhof.

Claro, vai precisar também de um parque grande, preferencialmente perto de Amsterdã, no centro da maior região mundial de produção de tulipas. Melhor ainda se for um parque histórico, desenhado em estilo inglês em 1857 por Jan David Zocher. Depois, bem, basta convocar os mais inspirados paisagistas da Europa e um batalhão de jardineiros e pronto. Não deve ser tão difícil. Os holandeses fazem isso todo o ano, há muitas décadas.

Por duas vezes estive em Keukenhof. Fantasiei que se o céu fosse do jeito que um jardinista imagina, aquele seria perfeito. O mais comum é pensar o Jardim do Éden como um jardim tropical, mas há um detalhe que pode fazer muita diferença: o calor e a umidade são muito mais adequados às vigorosas folhagens do que às flores. E, pelo menos o meu céu — se puder merecê-lo—, eu gostaria que fosse repleto de flores.

O gigante da literatura Dante Alighieri, na sua *Di-*

vina Comédia, além de cantar o inferno e o purgatório, cantou também o céu, imaginando-o com nove círculos. Em cada um deles, foi colocando as almas. Entendia o poeta florentino que não bastava se salvar do inferno, ou pagar os pecados por um tempo no purgatório. Mesmo no céu havia algumas almas que eram mais virtuosas do que outras e, portanto, mereciam ficar mais perto de Deus.

Foi a imagem de uma enorme rosa, a rosa mística, que Dante usou para descrever o lugar mais alto dos céus, reservado para anjos, santos e os seres mais abençoados, rodeando o Criador. Naquele lugar, que ele chamou de Empírio, a teologia tinha atingido seus limites e o escritor ficou frente a frente com o próprio Deus, a quem chamou de "Jardineiro Eterno" (Cantos XXX até XXXIII).

Fiquei fascinado que, para designar o mais perfeito dos perfeitos, o núcleo do próprio Deus, um dos melhores escritores de todos os tempos tenha usado a imagem de uma rosa e de um jardineiro.

Entender tão belas imagens, rodeadas por tanto mistério, talvez seja um voo alto demais para esse humilde apaixonado por plantas. Por enquanto, aqui no reino dos vivos, vivo meu êxtase com jacintos, narcisos e belíssimas tulipas — no que fantasio ser uma pequena amostra do céu dos jardinistas—, rodeado por 7 milhões de flores.

O MÉDICO, A BENZEDEIRA E O DRAGÃOZINHO PALHAÇO

A vida de jornalista, às vezes, permite que se vá a lugares incríveis. Fazer uma reportagem para a revista *Viaje Mais* me levou a passar uma semana navegando pelo Rio Reno em plena primavera europeia. Passei muitas horas no deck do barco olhando as paisagens da Suíça, da França, da Alemanha e da Holanda. Havia também um casal, ele quase careca, ela um pouco gordinha, os dois muito elegantes, sem a preocupação de esconder os cabelos grisalhos, que estavam sempre por ali, também olhando as cerejeiras em flor que se exibiam às margens do rio Reno.

Conversavam muito. Sorriam quase o tempo todo apontando as árvores, observando os pássaros, os castelos medievais que desfilavam às margens do rio. Por coincidência, certa noite, dividimos a mesa no jantar. Quando falei que era jardinista, aí a conversa rolou fácil. Com o passar dos dias, ficamos amigos e me contaram que tinham se casado devido a uma orquídea.

Ele, dr. Milton, médico aposentado, viúvo. Ela, dona Dorô, botânica e benzedeira que sempre acreditou no enorme poder transformador das plantas. Entre sorrisos, ele contou que havia bem pouco tempo era o cara mais chato do mundo, cheio de doenças e sem esperanças. Mas que tudo tinha começado a mudar no dia do seu 62º aniversário.

Gostei tanto que achei que a história daria um romance. Como cursava na época pós-graduação em Formação de Escritores, corri para a cabine do barco e escrevi, enquanto a história ainda estava fresca na minha cabeça.

*

Olhou o relógio mais uma vez. As horas daquele dia se arrastavam, segundo a segundo, minuto a minuto. Não gostava mais de aniversários. Só tinha concordado em buscar um bolo na padaria e encomendar alguns salgadinhos porque o filho havia insistido muito. dr. Milton se lembrou dos tempos em que gostava de fazer aniversários. De como achava ruim quando tinha de ficar de plantão no hospital e ganhar apenas alguns abraços por obrigação dos colegas. Nessa época, quando Adalberto ainda era pequeno, queria estar em casa. Adorava o jeito como Mariazinha fazia festa para ele, a casa toda enfeitada, a mesa farta. Tinham tantos amigos nessa época. Ela não parava de sorrir para todos os convidados. Murmurou que era um insulto fazer aniversário depois de uma certa idade. Ainda mais um viúvo.

Ouviu a campainha. Saiu para o quintal grande, todo cimentado. Abriu o portão. Adalberto tinha sido sempre seu orgulho. Às vezes sentia um pouco de remorso por não ter dado atenção a ele na adolescência. A depressão tinha sido forte com a perda da Mariazinha. Como ele, um médico, tinha perdido a batalha contra o diabetes? Não se conformava.

O filho teve de se virar sozinho. Apesar de o pai não parar de reclamar do som do piano — eram sete horas por dia de estudos —, formou-se músico, tornou-se maestro. Foi na academia de ginástica que conheceu Clarice. Se apaixonou à primeira vista pela loira. Casaram-se numa cerimônia simples e contra a vontade de dr. Milton, que não escondia a antipatia pela nora. O velho médico só gostava mesmo dos netos Gilberto, o Giba, que nunca desgrudava os olhos da tela de um videogame portátil, e Laurinha, a fotógrafa da família, apesar da pouca idade. Mal o carro foi estacionado, Laurinha, ainda dentro dele, foi falando:

— Dá um sorriso, vô, quero botar sua foto no *Instagram*. Certeza que vou fazer uma foto bacana de você.

Dr. Milton deu um sorriso de má vontade. A luz do flash doeu em seus olhos.

— Oi, meu filho. Não precisava vir. Eu não estou com o menor espírito de festa.

— Para com isso, pai. Como é que eu não ia te dar um abraço na festa dos seus 62 anos? Pelo menos hoje, pare com esse nhénhénhé. Vamos celebrar.

Adalberto abraçou o pai. Os braços do dr. Milton permaneceram caídos, sem vida. Apenas olhou as marcas que o abraço tinha deixado no blazer e alisou-as com a mão. Clarice desceu do carro. Estendeu ao médico um vaso com uma orquídea embrulhada para presente.

— Um presente para o senhor, dr. Milton. Espero que goste. É uma orquídea linda.

— Não precisava. Você vê alguma planta por aqui? — resmungou o velho.

— Por isso mesmo. É bom ter uma plantinha por perto. Sabe como ela se chama, dr. Milton?

Laurinha apontou a câmera do celular para o avô, fez mais uma foto e correu para o outro lado.

— E para que uma orquídea precisa de nome? — perguntou dr. Milton, tentando acompanhar a neta com o olhar.

— Ela se chama drácula. Foi a vendedora que falou. Não é linda? Parece que está sorrindo, não parece? Por isso tem o apelido de dragãozinho palhaço.

O velho franziu o rosto, pegou a orquídea com as pontas dos dedos, sem jeito. Laurinha rodeou-o correndo.

— Não falei, mãe, que o vovô ia detestar? Quando a gente for embora, ele vai jogar no lixo. Certeza. Dá uma risadinha, vô, ainda não ficou bonito em nenhuma foto. Só uma risadinha, vai, com toda a família.

Dr. Milton fez uma careta, mostrou os dentes sem vontade. O filho ficou de um lado, a nora do outro, com Giba à frente, sem tirar os olhos da telinha do videogame. Laurinha bateu a foto. Entraram correndo na sala. As crianças avançaram na bandeja de coxinhas. Adalberto abriu uma caixa de sapatos que estava sobre um aparador e revirou as várias embalagens.

— Nossa, pai, quanto remédio. O senhor precisa mesmo de tudo isso?

— Se não precisasse, não estava aí. Não é porque fui médico que tenho paixão por remédio. Você faz cada pergunta idiota.

Laurinha, que mastigava uma coxinha, veio correndo bater uma foto da caixa de remédios.

— Nossa vô, você deve estar mal mesmo. Eu só tomo remédio quando estou com tosse, com certeza.

Dr. Milton arrancou a caixa da mão de Adalberto, fechou a tampa e jogou-a dentro do armário. Os remédios voaram por todo o lado.

— Será que algum deles serve para melhorar o humor? — murmurou Clarice.

— O que você disse? — rosnou o velho.

— Nada, nada. Vou ver se as crianças querem um cachorro-quente.

Clarice se afastou. Foi até a mesa pegar os sanduíches. O velho fez um gesto para chamar o filho para bem perto e falou baixinho em seu ouvido:

— Pena que você não teve a mesma sorte que eu. Mulher boa era a Mariazinha, sua mãe. Desde que morreu, não tenho mais paciência para festas nem para mulheres chatas. Não sei como você aguenta. Eu bem que avisei.

Adalberto enfiou os dedos por entre os cabelos, várias vezes. Abaixou a cabeça e respirou fundo.

— Ah, pai. Acho que para mim chega. Não dá para agradar o senhor. Vou embora. Clarice, pegue as crianças. Vamos para casa.

— Graças a Deus — falou Clarice. — Vamos, Giba, vamos, Laurinha. Vocês continuam a comer em outro lugar.

Giba deu de ombros, sem tirar os olhos do videogame, e caminhou em direção à porta enquanto Clarice recolhia os casacos das crianças e sua bolsa. Laurinha reclamou:

— Ah, mãe, certeza que a gente vai embora sem comer o bolo? Deixe eu pelo menos bater uma foto dele. Parece tão gostoso.

— Anda, Laurinha, sem conversa. E chega de tanta certeza.

tetoscópio, se lembrando do ritual que tinha quando examinava seus pacientes. Pela primeira vez em muito tempo, ele sentiu vontade de falar com alguém.

Lembrou-se de dona Dorô, a boa Dorotéia. Uma antiga amiga da sua falecida Mariazinha. Sabia que ela tinha muitas plantas em casa e adorava orquídeas.

*

Dona Dorô fez questão de deixar os cabelos brancos assim que eles começaram a surgir. Não iria tingi-los para mentir a idade. Nunca gostou de batom, maquiagem, roupa muito enfeitada. Desde menina via seu pai murmurando palavras estranhas enquanto dava pequenas batidinhas com macinhos de plantas nas crianças, nas mulheres com problemas, nos homens infelizes. Apesar de ter seis irmãos, seu pai sempre dizia:

— Só você vai ser benzedeira.

Adolescente, começou no ofício. Não tinha quebranto ou mau-olhado que resistisse às suas orações e ao movimento em cruz que fazia com arrudas, arnicas, alecrins e todo tipo de erva medicinal. Aprendeu desde cedo a ligação da alfazema para ajudar o sexo feminino a atrair o sexo oposto; que a acácia-jurema era a planta dos bons negócios, a ser pendurada na porta das lojas e escritórios; a ser prudente com o absinto, planta mágica usada nos rituais para afastar as energias negativas ou para invocar as forças demoníacas e infernais.

Quando chegou a hora de ir para a faculdade, não teve dúvidas: cursou Ciências Biológicas na Esalq, em Piracicaba, e emendou uma pós-graduação em Fisiologia e Bioquímica das plantas. No campus da universidade tinha aceso a todo tipo de plantas; gastava muitas e muitas horas estudando cada um dos vegetais. Mas era famosa mesmo por benzer os colegas da faculdade, ajudar nos casos de amor, ter sempre uma palavra de conforto para quem estava com problemas. Saiu da faculdade com excelentes notas e a descrença total dos professores que algum dia cuidaria de fazendas de soja ou milho.

Não cuidou mesmo. De volta a São Paulo, montou um centro de estudos fitoenergéticos, passou a dar cursos e chamava seus colegas cientistas de tolos por só aproveitar uma minúscula parte do poder das plantas.

Agora, já velha, não tinha planta que não conhecesse, tanto para cultivar como para invocar as energias que ela podia produzir ou modificar. Dona Dorô ficou muito feliz quando soube que no Paraná, nas cidades de Rebouças e em São João do Triunfo, a profissão havia sido regulamentada por lei como "trabalho das praticantes da saúde popular", ou seja, as benzedeiras podiam curar em paz as crianças vítimas de micose, cólica ou o medo de assombração que tanto atrapalha o sono.

No dia em que dr. Milton ganhou a orquídea, dona Dorô acordou com um pressentimento. Ela não sabia bem o quê. Foi até olhar o álbum de fotografias de sua juventude.

Ficou um longo tempo a ver as fotos que ela e Mariazinha haviam feito numa viagem à praia nos tempos de juventude. De maiôs, sorridentes, posando em frente a carros que havia muito não se faziam mais.

Foi quando o telefone tocou.

— Oi, Dorô, é o Milton.

Nem precisava falar. Sentiu um arrepio. Era ele, meu Deus, tanto tempo depois.

— Dorô, tá me ouvindo?

— Tô sim — conseguiu balbuciar.

— É que eu ganhei uma orquídea e, como não sei nada de plantas, resolvi ligar para você. Meu quintal é todo cimentado, nem um palmo de terra eu tenho. Mas essa orquídea, uma tal de drácula, mexeu comigo.

— Ela tem uma flor com cara de gente, não tem?

— Isso mesmo. Ela sorriu para mim. Planta nenhuma dura na minha mão. O que faço?

Dorô mal podia acreditar no que ouvia. O velho ranzinza do Milton tinha gostado de uma planta e pedia ajuda. Dois verdadeiros milagres aconteciam e ela sentiu que devia aproveitar a oportunidade.

— Milton, é bom ter umas plantinhas por perto.

— Você deve estar brincando — rosnou o velho. — Eu odeio jardins e vasos.

— Por isso é que carrega essa energia ruim com você — falou a benzedeira, já arrependida da sinceridade, certa de que ele bateria o telefone na sua cara.

— ...

— Milton, você está ai?

— Estou sim. Só não sei o que dizer. Você não quer vir até minha casa mostrar onde ponho a orquídea e me ensinar a cuidar dela?

*

Quando chegou, dona Dorô voltou a sentir arrepios por todo o corpo. Não conseguia tirar os olhos do paletó do dr. Milton.

— Como você sabia que era eu no telefone? Ah, claro, os telefones agora mostram quem está ligando.

Eu já estava pensando coisas.

— Que coisas? — perguntou, distraída, o olhar fixo no blazer.

— Que você pudesse ter poderes para saber que eu ia ligar, antes mesmo que eu pegasse o telefone.

— Imagina, Milton, quem tem poderes é você, que é médico. Eu sou só uma humilde benzedeira que Deus ajuda quando está de bom humor.

Dona Dorô fazia coisas que ela não entendia como aconteciam. Foi assim também dessa vez. Num repente, sem razão nem porquê, ela se jogou sobre o velho que, assustado, caiu de costas no sofá. Dorô gritou suas rezas.

Pelo poder de Deus, ressureição dos Santos, Deus te jurou, Deus te criou, Deus te livre de quem este mau--olhado te deitou...

Ela bruscamente abriu o paletó do velho. Voou um botão. Enfiou a mão no bolso interno.

... se o tens na cabeça, que to tire, Santa Tereza; se o tens no coração, que to tire, São João; se o tens no corpo todo, que to tire, Nosso Senhor, com todo seu divino poder; dois to deram, três to tirem...

Com as duas mãos, rasgou o bolso interno do blazer. Respirou forte. Arrancou, costurada por dentro do forro do paletó, um pacotinho de tecido vermelho.

... são as três pessoas da santíssima trindade, em nome do pai, do filho e do Espírito Santo, dito por três vezes, com que o mal vá para trás e não para diante.

D. Dorô se levantou, foi até a mesa, rasgou o tecido do pacotinho. Caíram várias ervas sobre o tampo de vidro da mesa. Milton se levantou do sofá, desajeitado, arfando. Dorô não parava de rezar:

Sete encruzilhadas Exu dos sete caminhos, senhor

rei das sete encruzilhadas de fé, sepulte nas sete catacumbas os nossos problemas e tristezas. És um lindo homem, um cavalheiro, andas descalço com tua linda capa de veludo, ia gargalhar pela noite, venceste sete guerras, vença pelo menos uma para mim, se eu merecer, pois estou em desespero.

Dr. Milton tirou o blazer e examinou o bolso rasgado, o forro em tiras.

— Pare, Dorô! Que loucura é essa? O que deu em você?

Dorô revirou as ervas. Foi separando os diversos tipos.

— Alguém quer seu mal, Milton. Quem te deu esse paletó.

— Ganhei do Valmir, meu antigo sócio. Fui com ele ao enterro da Mariazinha.

— Olha aqui, Milton, olha só essa mistura de fedegoso, crista-de-galo, cunanã, quixambeira, todas ervas do exu-caveira. Olha só esse brinco de princesa, a planta sagrada dele.

— Não acredito em nada disso.

O velho olhava estarrecido a amiga, enquanto ela guardava tudo em um saco plástico.

— Vou queimar depois, em casa. Tem um jeito certo para se livrar desses trabalhos do mal. Vou levar também seu paletó.

— Pode levar. Já rasgou tudo mesmo. Virou um trapo. Acho que preciso de um calmante, um café, sei lá. Você toma?

— Foi bom você ter me chamado. Sua vida nunca iria para a frente, andando com aquele feitiço perto do coração.

Sentados na cozinha, ficaram em silêncio. Os lábios

de dona Dorô continuaram se movendo por mais um tempo. Depois ela parou, olhou para o dr. Milton, que revirava sua caixa de sapatos.

— Quer um calmante? Este é bem fraquinho — esticou a mão, oferecendo.

— Não, Milton. Não preciso, só estava organizando as minhas energias. Um café me agradaria. Cadê a nossa orquídea? Foi pra isso que eu vim aqui.

Dr. Milton coou o café. Tomaram falando da orquídea. Dorô explicou que aquela planta tinha nome científico de *Dracula lotax*, uma incongruência, porque Dracula significava dragãozinho, filho de dragão em latim, e *lotax*, palhaço. Assim a tradução seria dragãozinho palhaço:

— Observe como as sépalas, essa anteninhas viradas para baixo, se parecem com os dentes caninos do Conde Drácula — apontou dona Dorô, ao velho que escutava atentamente.

— Pétalas, né, Dorô?

— Não, sépalas mesmo. Os botânicos também se divertem nomeando as plantas que descobrem. No caso, quem batizou essa orquídea foi o botânico Carlyle August Luer, um americano, médico como você. Além disso — continuou —, como o vampiro do mito, a *Dracula lotax* gosta de pouca luz.

Aconselhou que o amigo aproveitasse para contemplar a flor porque ela não durava tanto tempo quanto uma falenópsis. Explicou também que a drácula tem crescimento cespitoso, ou seja, lança novos brotos pelo caule, formando uma touceira. Dr. Milton reclamou:

— Você ainda não me respondeu o que eu quero saber. Planta nenhuma dura na minha mão. O que eu tenho de fazer para que ela sobreviva?

— É fácil. Ela gosta de sombra. Basta deixar na varanda, dar um pouco de água e adubo de vez em quando. Ah, sim, conversar com ela ajuda bastante.

— Tá de brincadeira que vou ficar falando com planta, né, Dorô?

— Por que não, Milton? Funciona assim: vida precisa de vida. Quanto mais coisas vivas você tiver perto de você, mais energia vai trocar com os outros viventes. Pode ser gente, cachorro, gato, planta... ter tudo por perto é o ideal.

O velho se levantou com o rosto crispado.

— Eu odeio tudo o que você falou. Odeio a sujeira que as plantas fazem, com folhas velhas, frutos que caem melecando tudo. Exigi que meu vizinho cortasse os galhos de uma mangueira que invadia o meu espaço.

— Por isso você carrega essa energia ruim com você. Trate de mudar.

Quando Dorô foi embora, o velho Milton sentiu que continuava com vontade de conversar. Arriscou falar com a orquídea, mas se sentiu um idiota. Falar com plantas, bah. Assim mesmo, pensou que era bom aprender coisas novas. Naquela noite, dormiu fundo sem se importar com o som alto do vizinho, que, em outros tempos, teriam levado o velho ao desespero. Teve a sensação de que as sépalas da *Dracula lotax* faziam cosquinhas em suas orelhas. Mal raiou o dia, num impulso, falou pra si mesmo:

— Vou fazer um jardim.

Não se esquecia da frase de Dorô, vida precisa de vida. Achou que devia comprar um cachorro. Escolheu um schnauzer e chamou de Chico. Aonde ia, levava Chico com ele. O pequeno cão assistiu os pedreiros quebrarem o cimento, viu seu dono conversando com paisagistas, latiu muito quando chegaram os caminhões de terra; se escondeu no meio das plantas que a kombi trouxe; se acostumou com os jardineiros trabalhando; só não prestou muita atenção em seu dono, que, aos poucos, foi abandonando os blazers e roupas sociais, trocados pelas bermudas, camisetas e um chapéu panamá que não mais saía da cabeça do médico convertido em jardinista.

O velho mandou fazer uma jardineira alta para cultivar hortaliças, assim não precisava forçar as costas se abaixando. Como não passava mais as tardes parado no sofá, mas passeando com Chico, suas pernas se fortaleceram. O exercício no jardim era interminável, um tal de abaixa, levanta, carrega, corta, espreme, rega, poda... que mudou a disposição física de todo o seu corpo. Com a mente não foi diferente. Tinha de planejar, desenhar, escolher, estudar, negociar, pesquisar, comprar... que a cada dia sua mente ficava mais ágil e a memória, mais eficiente. Tomar sol deixou sua pele mais corada e bonita. Até as rugas pareceram diminuir. À noite, o corpo cansado dormia um sono profundo, com sonhos coloridos.

Até uma tarde de primavera quando Milton estava sentado na varanda apreciando a nova paisagem. Chico estava no seu colo e ele acariciava o cachorro.

— Muito bem, Chiquinho. Nosso jardim está ficando muito bonito. Acho que está na hora de fazer duas coisas.

Foi ao armário, pegou a caixa de sapatos repleta de remédios e jogou fora. Depois pegou o telefone:

— Oi, Dorô, como vai?

— Milton, você sumiu. Como está?

— Você não vai me reconhecer.

— Por que não?

— Venha aqui em casa almoçar comigo. Quero te mostrar uma coisa.

— Sou um pouco chata com comida, você sabe...

— Dessa vez você vai gostar. São tomates que eu mesmo cultivei, assim como a alface e as cenouras. O almoço vai ser uma saladona.

— Que você cultivou? Pai do céu, quem diria! E ainda vai me dizer que virou vegetariano.

— Como você adivinhou?

Dr. Milton foi receber dona Dorô no portão. Fez questão de que fossem bem devagar para passar pelos arquinhos com minirrosas, mostrou os canteiros de amor-perfeito, o pândano escultural, a trepadeira sete-léguas em um caramanchão, a fonte d'água... até chegarem à varanda. Chico latia, dando as boas-vindas.

— Quem te viu e quem te vê, hein Milton? E aquele cimento todo que estava aqui?

— Arrebentei e joguei tudo fora. Cimento é do mal. O diabo não cultiva minirrosas, nem amor-perfeito, não faz laguinhos nem caramanchões. As plantas são de Deus. O Senhor fez o paraíso com elas.

— É o poder do jardim, Milton. Transforma a gente por dentro.

— Aprendi com você. Vida precisa de vida. Eu estava perdendo a infância dos meus netos. Agora que parei de maltratar meu filho Adalberto e fiz as pazes com a Clarice, o Giba e a Laurinha estão sempre por aqui. Quer um tomate?

— Quero. Mas antes me dê sua mão. Preciso fazer uma oração e benzer seu jardim. E quero que você ore comigo.

A benzedeira sabia. Sua intuição falava novamente.

Iria voltar muitas e muitas vezes àquela varanda. Ficaram se olhando profundamente nos olhos. Do alto, pendurada na varanda, a nova florada do dragãozinho palhaço␣sorria␣encantada.␣Tinha␣aprontado␣mais␣uma das suas.

*

Por várias vezes voltei a cruzar com o dr. Milton e a dona Dorô pelo barco. Contei que tinha decidido escrever a história deles. Pedi alguns detalhes mais complicados como a reza que d. Dorô fez. Quiseram ler, mas falei que ainda faltavam acabamento e revisão, e que tinha vergonha de mostrar um trabalho pela metade. A viagem acabou e o dr. Milton me deu seu cartão para que eu enviasse o texto quando ficasse pronto. Infelizmente, perdi o contato. Se você, meu caro leitor, souber de um casal muito feliz chamado Dorô e Milton, mostre essa história e peça que me procurem.

Fantasias para orquídeas

Jamais espere monotonia das orquídeas. Além de ser uma das maiores famílias de plantas de todo o planeta, é também a que tem números impressionantes em alguns dos seus gêneros. Por exemplo, os *Bulbophyllum* têm mais de 1.800 espécies, cada uma delas com formas realmente surpreendentes.

Se você não prestar atenção, será capaz até de não enxergar as sépalas, pétalas e labelo, dadas as formas originais de cada uma delas. Não apenas as flores em si, mas também a maneira como elas são colocadas em inflorescências que lembram círculos, sapatinhos ou até abóboras, dependendo da imaginação de quem olha suas flores.

São tantos tipos de flores, com desenhos tão extraordinários, que é como se elas usassem as fantasias mais originais no grande baile de máscaras da natureza.

Algumas nem pedem muita imaginação. Basta olhar uma *Dracula simia* que lá está o rosto de um macaco. A *Orchis italica* é a representação de um homem nu; a *Ophrys bombyliflora* é uma abelha sorridente, a *Anguloa uniflora* parece um bebê enroladinho em um cueiro... a gente sorri só de olhar.

Claro que não é nada disso. A ciência até inventou o nome de pareidolia para falar desse fenômeno psicológico para explicar por que a gente vê essas coisas todas. O astrônomo Carl Sagan conta que os humanos, por serem sociáveis, gostam da companhia um do outro e, desde bebês, reconhecer faces é uma questão de sobrevivência. Por isso, os bebês respondem com um sorriso quando veem alguém fazendo bilu-bilu para eles. De tanto se repetir nas gerações, o reflexo cerebral acabou criando um efeito colateral: "Reunimos pedaços desconectados de luz e sombra e inconscientemente tentamos ver uma face." Obrigado, mestre, pela explicação.

Klaus Conrad vai ainda mais longe no estudo da apofenia. Ele chama de "fenômeno cognitivo de percepção de padrões em dados aleatórios", ou seja, ver coisas onde nada existe.

Podem falar o que quiserem, meus caros Carl e Klaus, continuo vendo o macaquinho, a abelha sorridente, o bebê e todas as outras formas que a minha imaginação permitir.

Namoro

Namorar é como cuidar de uma flor. É preciso regar com palavras suaves, adubar com presentes e agrados, festejar cada momento de estar juntos, proteger das tempestades do humor. Namorar é colorir o tempo de viver.

O HOMEM E A FLOR

Era uma prova de amor. O jovem mostrava que era capaz, valente e cheio de boas intenções quando escalava os Alpes e trazia de lá um macinho com flores de edelvais (*Leontopodium alpinum*). As graciosas moças que recebiam as pequenas e brancas flores que crescem nas rochas das montanhas mais altas da cordilheira que corta a Áustria, Alemanha, Suíça e outros países da Europa tinham certeza de que eram muito, muito amadas. Era algo tão perigoso que não foram poucas as que jamais voltaram a ver o pretendente, morto nas armadilhas da montanha gelada. Um caso raro de macheza totalmente associado às flores.

Era uma prova de bravura. A florzinha de não mais de 20 cm, que cresce entre 1.800 e 3.000 metros de altitude, inspirou, em 1930, os jovens alemães entre 14 e 18 anos que discordavam dos princípios da fanática juventude hitlerista, e criaram o movimento Piratas da Edelvais, para lutar pela liberdade de pensamento, antes e durante a Segunda Guerra Mundial.

Era uma obra de arte. A canção *Edelweiss*, do filme *A Noviça Rebelde*, cantada pelo capitão Georg von Trapp, fala da flor da neve, que ele gostava de ver florescer, enquanto a família lutava para se manter unida e fugir do nazismo pelos Alpes. Esee filme (*The Sound of Music*, no original) é considerado um dos melhores musicais de todos os tempos.

É uma obra-prima da natureza para a sobrevivência. A edelvais, também chamada flor-da-montanha, é da família dos girassóis. Sua flor, na verdade uma bráctea, tem uma pelugem que a protege da aridez, do frio e dos fortíssimos raios ultravioleta do sol das alturas. É perfeita para ser usada em jardins de pedras de altitude e 100 sementes dela podem ser compradas por US$ 3, até pela internet.

É uma delícia perceber como a cultura humana associa seus feitos a uma simples flor, um matinho quase, mas que desperta os mais altos sentimentos. Símbolos nacionais da Áustria e Suíça, insígnia de generais, usadas por alpinistas e tantas outras representações. Não por acaso, em alemão, "edel" quer dizer nobre e "weiss" branco. *Edelweiss*, a nobreza de alma dos valentes em forma de flor.

O Sonho de cada um

Cada casa de campo com seu jardim é muito diferente de todas as outras. Aliás, incrivelmente diferente. É como um sonho, todo particular, cheio de significados. Carl Jung dizia que os primitivos sabiam que existem os sonhos pequenos e os grandes sonhos. Os pequenos são os fragmentos de fantasia que giram em torno de coisas cotidianas. Esses são facilmente esquecíveis. Há, porém, os grandes sonhos, aqueles de que a gente se lembra e analisa mesmo décadas depois. São como joias que a mente produziu e que são guardadas com muito carinho.

Nas minhas fantasias, comprar uma casa de campo, fazer um jardim, cultivar uma árvore é como sonhar com uma cobra, um sinal de transformação, vontade de se renovar e de fazer mudanças positivas. Escolhi comparar com cobra porque é um símbolo forte, com significados muito diferentes para cada pessoa. Como sempre, há um lado bom e um lado ruim, mas parece embutir sempre a necessidade de mudar de vida. Não é por acaso que qualquer pessoa reconhece uma farmácia quando vê uma serpente enrolada numa taça. É lá que está o poder da recuperação da saúde. Se a taça é o poder, a víbora é a cura. A diferença entre remédio e veneno está sempre na dosagem. Poder é ter a casa, o que fazer com ela é a cura.

É preciso refletir um pouco mais sobre o significado das coisas que a gente faz. Um bom exemplo é que existem os que gostam de praticar natação e fazem raias, aquelas piscinas compridas e finas, algo que não serve, em absoluto, para famílias com crianças que precisam de espaços amplos e rasos. Ou, então, a pessoa tem uma família que veio de um país europeu e quer ver na sua casa de campo o estilo de vida dos seus antepassados. Faz uma cabana de madeira, rodeia de pinheiros e faias e vai se sentir como se estivesse em plena Suíça.

É a história de cada um escrita nas decisões, na escolha de praticar esportes ou se deixar levar pelas alegrias da boa mesa. Em focar uma carreira de grande desempenho ou viver a pulsação intensa de uma casa cheia de filhos e netos. Depois que tudo isso for encaminhado, bem de dentro de sua mente pode surgir uma joia: viver a magia de um jardim.

Alguns podem até achar que você é maluco por passar horas e horas debaixo do sol, suando e fazendo força. Entende que até os morcegos fazem parte da natureza e devem ser preservados. Caminha sozinho conversando com suas plantas. Dá nomes aos arbustos, sorri, anda debaixo de chuva sem guarda-chuva. Vive os momentos repleto de fragmentos da fantasia e não dá a mínima para a opinião dos outros.

Até o dia que não vai mais precisar dormir para viver um grande sonho. Suas plantas sonharão junto com você.

Somos todos iguais

A natureza não para de criar. Quem está acostumado com plantas sabe que a diversidade de espécies é algo assombroso. São tantas que, às vezes, é até difícil saber qual é qual. Existem, por exemplo, mais de dez mil espécies de gramíneas (o número muda a cada dia com as novas descobertas), incluídos aí os capins e as relvas. Qualquer mudança do sol, da água ou do solo e, provavelmente, uma nova espécie surgirá. Calcula-se que existam 8 milhões de espécies atuando no planeta.

Com os humanos, os cientistas já concluíram que não é assim que funciona. Existe uma única espécie viva, o *Homo sapiens*. Não há subespécies ou algo semelhante, apenas etnias com diferenças de cor de pele, detalhes no olho, altura, nada digno de nota em termos biológicos.

Nem sempre foi assim na história da vida. O homem de neandertal conviveu com os humanos num período entre 30 e 40 mil anos antes de Cristo. E eles também tinham uma cultura — não eram simples "macacos"—, chamada de musteriana, com vários rituais e ferramentas que os antropólogos têm encontrado. Ninguém sabe direito como e por que desapareceram da face da terra. Alguns arriscam que não souberam desenvolver a agricultura. O certo é que não se adaptaram, senão estariam vivos até hoje. Já imaginou o que seria se houvesse duas espécies *Homo* convivendo no mundo atual? Seria um bom tema para a ficção que já distrai as nossas fantasias com os mutantes.

O *Homo sapiens* soube, e sabe, adaptar o ambiente à sua conveniência, sem modificar o próprio corpo. Aqueles que moram em regiões frias não são peludos como os ursos. Tampouco os que moram próximos ao mar aprenderam a respirar debaixo d'água como os peixes. Os montanheses não desenvolveram garras — ou cascos, como os cabritos monteses — para melhor se fixar aos despenhadeiros. Se a região é fria, o *Homo sapiens* faz casas quentes, desenvolve roupas que mantêm o calor do corpo mesmo quando o vento sopra a -40 °C. Para nadar debaixo d'água, inventou máscaras e cilindros de ar comprimido. Para subir as montanhas mais altas do mundo, dispõe da mais sofisticada tecnologia — o Everest há muito foi conquistado. Escondido dentro de qualquer engenhoca, até mesmo no espaço, os mesmos homens e mulheres, todos nascidos da mesma forma, todos destinados a morrer pelas mesmas causas de seus ascendentes.

A igualdade, portanto, deveria ser o maior valor entre os humanos. Mas inquietos e briguentos, se não acham diferenças de corpo, acham de alma. Há milênios guerreiam em nome de deuses que, no fundo, também são todos iguais.

Tanta igualdade entre humanos, tanta diferença entre todas as outras espécies. Há muito o que refletir sobre os mistérios da vida e os caprichos da natureza. Diante de tanta grandeza, só resta baixar a cabeça com muita humildade. Quem sabe o próximo passo da espécie humana na caprichosa evolução da vida no nosso planetinha errante?

A RAINHA
QUE VIROU PIZZA

A massa na mão, sovada, apalpada, apertada, virada, torcida e esticada. A água quente e o trigo e o fermento e o azeite e o sal, para dar sabor; e o açúcar, para equilibrar. Então, é só deixar a massa descansar.

O bafo do forno, o crepitar da lenha, a língua de fogo abrasada, o braseiro pronto. A massa macia, sovada, virada e torcida, agora alisada.

O tomate enrubescido de sabor, cortado, saudoso das sementes, caudaloso, a cebola que chora, o dente de alho que perde a cabeça, o inebriante manjericão de tantos nomes, alfavaca, anfádega, erva-rea, basilicão, exagerado no perfume. Todos juntos, irmanados, liquefazem sabores e fragrâncias.

A massa esticada, o molho vermelho voluptuoso, a mozarela branca ralada, o manjericão verde, as cores da bandeira italiana no calor afogueado. A natureza em sabores e fragrâncias na pizza de sábado à noite. Obrigado, minha rainha Margherita di Savoia.

O ESPÍRITO DO JARDIM

Para ser bonito um jardim precisa querer existir. É como se todas as forças da natureza se unissem para fazer brotar da terra os mais profundos encantos na forma de plantas, flores, aromas, cores e texturas.

Um jardim é o que de mais humano existe. São os sonhos estéticos plantados por mãos apaixonadas. São vontades que nem sempre o jardinista sabe de onde vêm.

Descobri agora, depois de viver jardins por tanto tempo, o que há milênios os romanos sabiam. Para fazer um jardim, eles diziam que era preciso perguntar como ao *Genius Loci*. Se você não sabe quem é, eu também não sabia até há pouco.

Genius Loci é o espírito de um determinado lugar. Como cada pessoa tem uma alma com suas particularidades, todo local tem também o seu espírito, o seu querer, a sua personalidade. Por isso é que um jardim não pode ser aquilo que a gente quer que ele seja. Tem de ser o que ele quer ser.

Por isso é preciso parar e perguntar para a terra que plantas ela quer receber. É preciso falar com o sol para saber o que ele vai querer iluminar ali naquele cantinho. É preciso ouvir o vento, sentir a luz da lua e, acima de tudo, não parar de perguntar ao *Genius Loci* que jardim a gente deve fazer naquele lugar.

Quando a gente não ouve a sua voz, não ouve a terra, nem o sol, nem o vento, nem a lua, e planta o que a terra não quer receber, o *Genius Loci* se zanga. O jardim não fica bonito, falta harmonia, faltam boas energias. Quando a gente faz o que ele sussurra, brota um jardim onde beija-flores e borboletas sempre estarão.

Ouvir a natureza, ouvir a si mesmo, ouvir aquele que não fala com palavras de gente, mas que fala de um jeito que dá perfeitamente para entender é ser um jardinista de verdade. Nunca contrarie a natureza, faça dela a sua conselheira. Um jardim é uma prece, uma homenagem aos mistérios daquilo que a gente não entende, não sabe explicar, mas tem certeza de que existe.

Elas estão sempre ao seu lado

Eu tenho prazer em cuidar do meu próprio jardim. Enquanto aparo o gramado, por exemplo, gosto de deixar meu pensamento solto, vagando pelo mundo das plantas e flores. Acho relaxante.

Por vezes paro, colho uma fruta e me lembro de que, ao longo dos milênios, cultivadas em campos, colhidas ao acaso nos bosques, as plantas serviram de almoço e de jantar. Não foram poucas as guerras pelas posses dos campos mais férteis, onde o trigo e as frutas cresciam e se multiplicavam.

Observo que as espécies mais bonitas ensinavam sobre a beleza das flores e das texturas das folhagens. Penso nas plantas que curam, tiram dores, aliviam sintomas, cultivadas e estudadas por sábios em herbários, num trabalho minucioso dos jardins medicinais.

Sinto uma pontinha de inveja dos naturalistas que acompanharam as grandes navegações a partir do século XVI, talvez os maiores apaixonados por plantas em toda a história da humanidade. Eles se embrenharam por florestas de todo o mundo em busca das mais belas ou úteis espécies. Basta lembrar do que um simples tomate fez pela culinária na mão dos italianos. Se não fosse a pimenta-do-reino, talvez as grandes navegações não tivessem acontecido.

Saciados da fome, curados pelas propriedades medicinais, alimentados no espírito pela beleza das flores e jardins... não consigo imaginar a vida sem as plantas. Chupo o último gomo da tangerina e, cheio de gratidão, volto a aparar meu gramado.

Cores do Outono

Os artistas amam o outono pelas cores. Insólitas árvores, algumas com folhas vermelhas, outras amarelas, outras douradas. Todas iluminadas pela luz do sol incidente, sutil, tão diferente da crueza do sol de verão. Os artistas amam o vento que leva as folhas de todas as cores, misturando texturas, deixando o mundo com cores absurdas e quase irreais.

Os românticos têm paixão pelo outono porque marca fases. É o fim dos amores de verão, que caem vencidos pela realidade do cotidiano e são levados a esmo, forrando o chão de lembranças. Os românticos têm certeza de que o inverno em breve chegará, mas haverá um outro verão repleto de novos amores.

    Os botânicos se encantam com as combinações físico-químicas do outono. A diminuição da força da luz do sol e a menor duração do dia forçam a clorofila a interromper a produção de glicose. Mais fraco, o verde da clorofila some e deixa aparecer a amarela xantofila ou o vermelho do betacaroteno, o mesmo que pinta de vermelho os tomates. Os botânicos se encantam com o arco-íris das cadeias de carbono que fazem as árvores e os arbustos dormirem.

    Os jardinistas brasileiros se sentem órfãos do outono. O sol tropical dá só uma pequena trégua para que as folhas de algumas plantas caiam, que alguns arbustos descansem. Mas não, por aqui, decreta, não haverá árvores vermelhas ou douradas. Os jardinistas brasileiros, por vezes, até duvidam que o outono exista.

Em busca das árvores com folhas vermelhas

Eu tinha 24 anos. Era casadinho de novo, com pouco tempo de formado. Fazia o jornalzinho interno de uma multinacional fabricante de sorvetes. Recebia um salario razoável, suficiente para morar com algum conforto, ter carro e moto. Tudo lindo, com exceção de um detalhe: não era assim que eu pretendia gastar a minha juventude.

Eu queria, como Caetano dizia na época, "correr mundo, correr perigo". Foi quando vi uma foto com árvores de folhas vermelhas. Vindo do tropical interior de

São Paulo como eu vinha, uma árvore de folhas vermelhas era, para mim, prova cabal da existência de um outro mundo. Coisa que interiorano nunca viu, a não ser nas folhinhas penduradas na parede da casa da avó. Era para onde existiam essas plantas que eu queira ir.

Lamentava nunca ter visto um outono de verdade. Neve, então, nem pensar. Sonhador, sempre gostei de música. Logo, no meu aparelho de som, como se dizia na época, se alternavam todas as versões possíveis de *Autumn Leaves*, a música composta por Joseph Kosma com letra de Jacques Prévert. De Miles Davis a Eric Clapton, eu imaginava as folhas vermelhas do outono caindo sobre mim, sonhando com um outro dia em uma outra vida.

A estrutura da música *Autumn Leaves* agradava demais o meu amigo Marinho, que estudava saxofone tenor e se familiarizava com a harmonia do jazz, composta quase que exclusivamente de variações da progressão de acordes II-V-I, típica desse estilo. O que mais gostava era que a música alternava uma progressão maior e outra menor, ele dizia. Não ficava muito seguro de ter entendido do que se tratava, mas fazia de conta para que ele continuasse tocando e eu sonhando com a viagem para conhecer as minhas árvores de folhas vermelhas.

Um dia, decidimos. Iríamos deixar tudo e ir para a Europa. Não de férias, mas de mudança por tempo indeterminado. Minha mulher à época, Zezé, estava um pouco temerosa, mas achou que devia acompanhar seu marido. Quando pedi demissão do emprego, meu chefe sorriu e disse apenas:

— Vá, meu filho. Você tem muita vida pela frente. Vá conhecer suas árvores de folhas vermelhas.

Fizemos uma festa para festejar a partida. Todos os amigos em casa, comemos, bebemos muito, cantamos, falamos do futuro. Na madrugada, os amigos se despediram da gente. Marinho, mais empolgado, se emocionou enquanto dizia:

— E se vocês não voltarem? A gente nunca mais vai se ver nesta vida?

Não havia como saber. Marinho tocou no seu sax tenor *Autumn Leaves* pela última vez e todos choramos num abraço que parecia nunca mais terminar.

No dia seguinte, estávamos no navio. Destino, Lisboa.

A chegada foi triunfal. Num final de tarde, no rio Tejo, o cenário completado por gaivotas que bailavam à volta do navio. Tudo perfeito, até descermos do navio. Hora do choque de realidade: os táxis estavam em greve. Tínhamos de carregar nossas próprias malas, isso antes da invenção das malas com rodinha. Os hotéis, lotados de africanos fugidos das colônias portuguesas, de independências recém-proclamadas.

A Revolução dos Cravos havia acontecido há pouco tempo. Ainda não eram as minhas folhas vermelhas, mas pelos menos só se falava de uma flor: o cravo.

Gostei da história da florista de Lisboa que começou a distribuir cravos vermelhos entre as pessoas para serem oferecidas aos soldados. Estes, num gesto inspirado para alegria dos fotógrafos, colocaram a flor nos canos do fuzil, consagrando para sempre o 25 de abril entre os portugueses. Era o poder das flores traduzindo emoções para a política, cena que incomodou demais os generais da tenebrosa ditadura militar que aterrorizava o Brasil.

Mas não. Minhas folhas vermelhas não estavam em Lisboa. O máximo que vi foram as folhas amarelas dos plátanos que, com o passar dos dias, ficavam avermelhadas. Não era bem isso que eu queria, mas já era algo que eu nunca tinha visto. Não tinha problema. A viagem estava apenas começando. Algumas semanas depois, partimos para a Espanha.

Madri. Outro mundo, outra língua, outras gentes, outras árvores. Carvalhos, áceres, liquidambares, tudo tão diferente. Na primeira manhã acordei com um sol radiante, maravilhoso. Esquecido que o outono europeu é gelado, enfiei uma bermuda, uma camiseta e... quase congelei quando botei o pé na rua. Caipira sofre.

O tempo passava. A gente se divertia. O dinheiro só saía, nada entrava. Mas e o meu sonhado bosque de árvores com folhas vermelhas que eu não encontrava? Precisava prosseguir. Quem sabe na França. Era para lá que eu queria ir. Não foi possível. Zezé queria voltar. Saudades da família, medo de ficar sem dinheiro, preocupação com o futuro aventureiro, incerto e não sabido. Como ela me acompanhou para ir, achei que devia acompanhá-la para voltar. Triste e infeliz em deixar meu sonho para trás.

Voltamos. O Rio de Janeiro, por onde chegamos

para passar um período na casa de amigos, nos recebeu em pleno verão. A realidade estava pesada. Sem dinheiro, sem emprego, com uma história que ficou pela metade, éramos uma casal em conflito.

Finalmente, São Paulo. Era preciso acordar do sonho. Logo me enfiava pelos classificados atrás de trabalho. Achei um num jornal diário. Grande imprensa. Passei a falar com políticos, economistas, criminosos, ecologistas, artistas... meu nome assinando reportagens de página inteira. O salário? O piso dos jornalistas, uma pequena fração do que ganhava antes da viagem.

Eu sorria, feliz. Era isso o que queria. Começava uma nova vida, em breve, sem a Zezé. É incrível como viagens melhoram os bons casamentos e acabam de vez com os outros. E o meu bosque de árvores com folhas vermelhas? Ficou difícil. Rodei mundo, fui a muitos lugares, mas nunca acontecia de estar no lugar certo na época correta do outono.

Só 30 anos depois, no Palácio de Versalhes, próximo a Paris, finalmente consegui encontrar meu bosque tão sonhado. E que bosque: milhares de árvores, rodeadas por cinquenta fontes d'água incríveis. O primeiro bosque que vi foi de carvalhos. Depois parei na Fonte do Outono, ou de Baco, o deus romano que ensinou o cultivo da uva para todo o mundo. Finalmente, o bosque de áceres. Centenas deles, todos vermelhos. O chão forrado de folhas. Ao meu lado, minha mulher Shirley não evitou cair na risada enquanto eu jogava infantilmente as folhas para cima, no gesto há tantas décadas esperado. Na minha cabeça, ouvia nitidamente as belíssimas notas musicais do saxofone tenor do Marinho tocando *Autumn Leaves*, guardadas para aquele momento desde aquela despedida na madrugada nos tempos da minha juventude.

O TEMPERO MAIS CARO DO MUNDO

A cor amarela de uma *paella* vem do uso do açafrão, um condimento que confere cor intensa e sabor todo particular ao alimento. Como são aproveitados apenas os minúsculos pistilos (estames) de uma flor da chamada *Crocus sativus*, são necessários cerca de 150 mil flores para obter um único quilo do tempero. E, como os pistilos são muito frágeis, todo o trabalho tem de ser feito à mão.

A maioria das embalagens é minúscula, com apenas 0,125 gramas. No Brasil, cada uma é vendida por cerca de R$ 5, o que faz com que um quilo custe estratosféricos R$ 40.000.

O mais fascinante dessa planta talvez seja sua capacidade de suportar o frio. Suas flores são protegidas por uma película de cera, algo raro na natureza. Por vezes, no início da primavera, quando caem as neves tardias, ela fica rodeada de branco — ou até mesmo soterrada —, o que deixa ainda mais vívidas as suas cores fortes. É uma das poucas flores da neve. Um luxo a que só a flor que produz o mais caro condimento do mundo poderia se dar.

Arbustos, esses incompreendidos

Eles se esforçam. Alguns exageram nas flores; outros, na exuberância dos perfumes. Existem aqueles que produzem folhas das mais diversas cores, do roxo aos tons de amarelo. Nem por isso são reconhecidos, pobrezinhos. O nome da categoria não ajuda em nada: arbustos. Mas, quando você liga o nome à "pessoa", vê que eles estão mais presentes em sua vida e nos jardins do que imagina.

Os arbustos são extremamente "sociáveis". Adoram crescer em grupos. Ramificados desde a base, eles entranham seus galhos uma planta na outra, formando lindos maciços. Fica impossível saber onde acaba um e começa o outro. Perfeitos para cercas vivas, podem ser deixados à vontade ou podados do jeito que a imaginação mandar. Lembra-se dos bichinhos topiados do filme *Edward Mãos de Tesoura*? Então, são todos feitos em arbustos. Não existe um belo paisagismo sem eles. Se a árvore confere imponência e o gramado esconde a terra, são os arbustos que têm o tamanho certo — nem tão grandes, nem tão pequenos — para esconder o que precisa ser escondido (um varalzinho para secar roupas, por exemplo), delimitar os espaços e fazer o jogo de "mostra/esconde" que diferencia os vários ambientes e dá encanto ao jardim.

Mesmo com tantas virtudes, não escapa das críticas. Uma dama-da-noite que se esmera no perfume ganha a pecha de enjoativa e é afastada de janelas e varandas; a nobre camélia esbanja beleza, porém tem crescimento extremamente lento; até as rosas (sim, elas também são arbustos) são criticadas por terem ramos feios e espinhosos. É, não há como contentar todos.

Também tenho a minha ressalva. Não gosto da palavra arbusto por ser masculina. Assim como as árvores remetem ao simbolismo masculino pela imponência e jeito reservado de ser, os arbustos representam tudo de bom do universo feminino. Como as mulheres, exalam charme, beleza e perfume em qualquer ambiente. Sempre com uma pitada de mistério.

A FONTE DO PODER

É preciso ter estilo. É ele que revela a alma de um povo, as sutilezas da linguagem, as ambições e até os medos de cada momento. Ninguém consegue ficar fora da sua cultura e muito menos de seu ambiente. Por toda a história da humanidade, os jardins sempre foram sinônimo de sofisticação, poder e bom gosto.

O jardim surge assim que as necessidades básicas de sobrevivência são atendidas e começam as necessidades da alma. Os sultões da antiga Pérsia gostavam de demonstrar seus poderes — e não eram poucos — ao receber amigos ou inimigos no meio de jardins repletos de água e belas plantas. Fora dos palácios, só areia e sol escaldante. Dentro, ter uma exuberante fonte jorrando água pura impressionava muito mais do que estar rodeado de ouro e diamantes.

No extremo oposto, existem no Japão os jardins de filósofos, onde impera a humildade de uns poucos elementos, dispostos em áreas pequenas, nas quais pedras grandes rodeadas de areia ou pedrinhas rasteladas simulam o movimento das águas. É o jardim Karesansui. Dizem que faz muito bem sentar-se a frente de um deles e exercitar a paciência, esperando a pedra crescer.

Outro dia, uma amiga que mora na Itália, a Samira Menezes, me disse que os italianos gostam mesmo é do que é belo (sem falar da boa mesa, claro). Isso fica claro em todos os jardins que eles produziram ao longo dos séculos. É um estilo todo próprio, típico do povo que foi capaz de gerar o Renascimento e produzir, talvez, os maiores gênios de toda a espécie humana, como Michelangelo ou Da Vinci.

Se representaram a grande gloria de Luís XIV, o rei Sol, os jardins de Versalhes foram também o fim de uma era. Por 107 anos, o Palácio de Versalhes e seus belíssimos jardins marcaram o que havia de maravilhoso no domínio do homem sobre a Natureza. Tanta beleza, no entanto, custou a cabeça de Luís XVI e da formosa e elegante Maria Antonieta, decepadas pela Revolução Francesa.

Se os franceses foram os reis dos jardins formais, repletos de formas geométricas, sempre procurando dominar a Natureza, tudo mudaria quando o pintor e arquiteto William Kent, no século XVIII, descobriu que a natureza, por si só, já era um jardim. A partir de então, os jardins ingleses pararam de lutar contra a natureza: bonito mesmo era reproduzir a mistura de plantas, a combinação de texturas, como acontecia nos campos e nos bosques.

História é o que não falta. Desde que o ser humano domesticou as plantas há 10 mil anos, já dividia a natureza que era boa para o corpo e a que era ornamental, boa para o espírito, para agradar os deuses. Os estilos, sempre eles, se alteraram com o passar do tempo, até chegar ao contemporâneo, como a gente vê atualmente, onde são permitidas as misturas de todas as coisas. Assim, como em outras artes, não se trata de fazer uma "bagunça" no jardim. É preciso muito conhecimento de arte e de botânica para fazer misturas que funcionam e agradem aos olhos.

Permita-se, sempre que possível, fazer uma viagem no tempo pelos diferentes estilos de jardim. Procure ver em cada um deles, não apenas plantas e flores, mas a ideia, a cultura do povo que permitiu que eles existissem. E jamais esqueça que o jardim é a única arte cuja matéria prima é a vida.

A FADA DA PRIMAVERA

Quase tudo a ciência explica. A gente faz de conta que entende, mas às vezes sinto que um pouco de magia para explicar as coisas não faria mal. Acho, por exemplo, que primavera combina com fadas. Lembro-me sempre do filme História Sem-Fim (*Die unendliche Geschichte*, no original alemão) no qual a Fantasia luta com o Nada. Cada vez que o feroz Nada ganha, um mundo inteiro da Fantasia é devastado. Lembro também que, quando criança, minha mãe falava que, se eu dissesse não acreditar em fadas, uma delas morreria.

Fantasiar não faz mal a ninguém. Posso, por exemplo, imaginar que as fadas ficam muito ocupadas na primavera. Elas moram no jardim, têm asas de libélulas e uma das suas tarefas é modelar as nuvens no céu. Às vezes, parecem-se com anjos. Divertem-se assoprando as sementes do dente-de-leão (*Taraxacum officinale*) e morrem de rir quando elas voam ao vento.

Vai me dizer que não sabia que existe a fada da primavera? O nome dela é Branwen. É jovem, muito bonita, está sempre de vestido verde, gosta de se enfeitar com joias e usa um penacho de flores no cabelo. Ela vem com a primavera. Por isso, sempre procuro deixar o canteiro favorito dela repleto de flores. Quando vai embora, a primavera termina, levada por ela para as terras do Hemisfério Norte, onde nasceu.

Recuso-me a acreditar que alguém considere que um jardim seja apenas um amontoado de fenômenos físico-químicos e combinações de cadeias de carbono, entre equinócios e solstícios de verão, com seu dia mais longo do ano. Certamente é... apenas do ponto de vista da ciência. Mas eu posso fantasiar, ajudar na luta contra o Nada. Um jardim no esplendor da primavera, além de beleza, pode ter mágica. Quem sabe, até fadas!

A TULIPA E O MERCADO FINANCEIRO

Em plena Idade Média, nos idos do século XV, chegou aos Países Baixos uma flor vinda da Turquia que mudaria os hábitos financeiros da região. A tulipa enfeitiçou de tal forma a população que um simples bulbo custava 10 vezes o salário anual de um artesão e se tornou comum vender propriedades para investir na flor.

O fenômeno atingiu seu auge em fevereiro de 1637 e ficou conhecido como tulipa-mania. Fez com que as produções fossem compradas antes mesmo de serem plantadas, criando o chamado Mercado Futuro.

Vale lembrar que foi em Amsterdã que surgiu a primeira Bolsa de Valores do Mundo, em 1602, para conseguir dinheiro para a Companhia Holandesa das Índias Orientais. A bolha especulativa da tulipa acabou quando as pessoas perderam a confiança que receberiam suas tulipas ao final da plantação. Como todos queriam vender e não havia ninguém para comprar, os títulos perderam seu valor e a tulipa-mania acabou.

Ah, sim, se você comprar tulipa no Brasil, não se esqueça de comprar a flor bem fechada e colocar pedras de gelo sobre a terra, pois isso ajuda a "refrescar" essa planta que adora o frio.

E O HOMEM CRIOU O VASO

Para dar encanto e sustento à vida, Deus criou as plantas. Elas floresceram e frutificaram. O homem, esse eterno insatisfeito, queria, porém, que as plantas crescessem onde só havia pedras ou areia, dependendo de onde ficava sua caverna ou tenda. Aliás, queria, inclusive, carregar suas plantas favoritas quando se cansasse do deserto e resolvesse mudar-se para as montanhas.

Percebeu que o barro (aquele mesmo do qual ele havia sido criado) era fácil de ser moldado e, quando exposto ao calor do fogo, tornava-se duro como pedra. Estava inventado o vaso, companheiro inseparável do ser humano, desde que o mundo é mundo. Servia para tudo. Deixar a água fresquinha, conservar o vinho, guardar coisas e, claro, cultivar suas flores.

Nas primeiras tentativas, não deu muito certo, como tudo o que nós, humanos, fazemos. Mas, aos poucos, foi aprendido que, do local de origem da planta, também deveria ser retirada a terra para ser colocada no vaso; a incidência de sol deveria ser parecida; vez ou outra, um pouco de nutrientes deveria ser acrescido à terra; e jamais, sob hipótese alguma, poderia faltar um pouco de água.

Assim tem sido desde sempre. O formato dos vasos foi se modificando conforme a cultura na qual foram produzidos, refletindo gostos e modas desde as sociedades japonesas da Antiguidade até os clássicos do Renascimento, todos fazendo a alegria dos arqueólogos.

De formatos, tamanhos e materiais praticamente infinitos, os vasos encontram no paisagismo um grande momento. Completam entradas de casas e varandas, dando um colorido especial às residências. São essenciais em varandas de apartamentos, única maneira de conciliar Natureza e cimento. E ficam simplesmente maravilhosos quando colocados juntos a canteiros, no meio do jardim.

Existe, contudo, um detalhe que, particularmente, me encanta nos vasos: tudo o que a gente coloca neles é passageiro. Em breve, as flores murcharão; a planta crescerá, demonstrando que o vaso ficou pequeno; qualquer que seja o ciclo, ele se cumprirá. Eu gosto é disto: da certeza de que a beleza das plantas vive no tempo, enquanto o vaso vive no espaço. Por um momento, eles se encontram e geram uma flor efêmera para demonstrar que somos, pessoas e vasos, todos feitos de barro, vivendo uma fração da eternidade.

A ÁRVORE MAIS VELHA DO MUNDO

A árvore mais antiga do planeta é um pinheiro, a *Picea abies*, com mais de 9.500 anos. Ela fica na Suécia, no Parque Natural de Fulufjället, e surgiu no final da era do gelo. Foi descoberta pelo professor Leif Kullman, da Universidade Umea, e sua idade foi determinada por testes em laboratório com carbono-14. Quando era jovem, quase 7.500 anos antes de Jesus Cristo nascer, desenvolveu-se como um arbusto, mudando suas características para árvore quando a temperatura do planeta aumentou. Essa "tatatataravó" das árvores de Natal é uma conífera da família das Pináceas que gosta de regiões frias e montanhosas. Suas "tatatataranetas" vivem muito menos, cerca de 300 ou 400 anos.

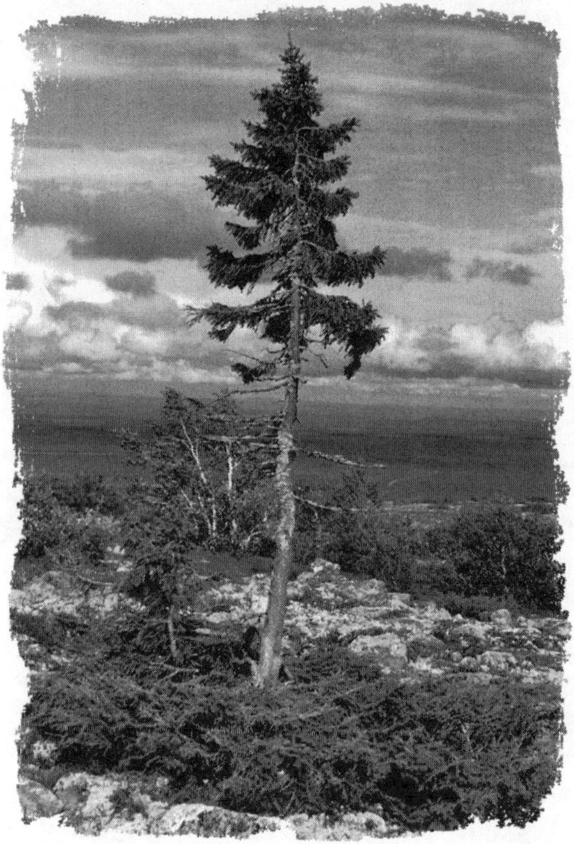

LEMBRAR E SORRIR

O quadro estava lá na loja, bem no alto. As crianças corriam pela praia enquanto empinavam uma pipa em três dimensões que saía da tela. O título *Jour de Grand Vent* pareceu perfeito para Shirley, minha mulher. Eu quero esse quadro, ela falou na hora, sem pensar muito que a gente estava em Versalhes, próximo a Paris, e que havia um longo caminho até que chegasse à parede da nossa casa de campo, onde ela imaginou que ele ficaria perfeito.

Deu um certo trabalho, é verdade, mas ela tinha razão. Cada vez que olhamos para o quadro, nos lembramos da viagem à França e da desconfiança do vendedor, um pouco acima do peso. Quando a gente pediu para ver mais de perto, ele olhou para o quadro lá no alto, pensou no esforço que teria de fazer e pediu uma garantia de que a gente fosse mesmo comprá-lo. Shirley sorriu sem graça, vai que não gostasse quando olhasse de perto. Não podia garantir. O francês bufou, buscou a escada e, contrariado, navegou o barrigão até o alto, descendo em seguida apoiado em uma só mão, pois equilibrava o quadro debaixo do outro braço. Foi um grande alívio, para os três, quando ele aportou ao chão da loja. Quando Shirley pegou a obra de arte e abriu o maior sorriso, o vendedor suspirou. Sentiu que sua comissão estava garantida.

Cheio de história também é o lustre *Belle Époque* que veio de Miami, ou o bonequinho do Shakespeare comprado em Londres na lojinha do *Shakespeare's Globe Theather*, a réplica da casa de espetáculos que o maior autor teatral de todos os tempos começou a usar em 1599. Em cada cantinho de nossa casa, um pedacinho das recordações das viagens que fizemos.

Tenho a forte convicção de que o que dá vida a uma casa são os detalhes repletos de energia e recordações que a gente vai colecionando, uma a uma, ao longo dos anos, assim como vai colecionando os bons momentos da vida.

Se dentro da casa é assim, no jardim não pode ser diferente. Nunca me esqueço da muda de arruda que minha mãe, dona Nenê, me deu (entre tantas outras); ou a ravenala que minha filha Júlia me ofereceu no dia dos pais, ou a palmeira garrafa que mora perto da piscina e que ganhei da Shirley como presente de Natal. Aliás, a Celina, uma amiga da Shirley que a acompanhou na compra, não se conformava: você vai mesmo dar uma palmeira para o Roberto como presente de Natal? Deu. Eu adorei.

É bom ter lembranças, é bom compartilhar a vida, é bom recordar os bons momentos e dar risadas das trapalhadas que se faz.

Um capricho tamanho gigante

A vida começa e acaba. Espécies surgem e desaparecem. O caldeirão de experiências da Natureza jamais para de experimentar. Houve uma época em que tudo era gigante no planeta. Os dinossauros, por 130 milhões de anos, foram os seres vivos dominantes. Depois da sideral porrada na Terra de um asteroide gigante, bem, a vida resolveu experimentar seres menores. Foi a chance da nossa nervosa espécie.

Sobrou, porém, uma recordação do tempo dos gigantes: as sequoias. Hoje elas são os maiores seres vivos existentes. Entre as sequoias, a General Sherman, que fica no Parque Nacional das Sequoias, na Califórnia, é a maior em volume, já que existem vários critérios para definir recordes. Tem impressionantes 83,8 metros de altura e uma circunferência de 31,3 metros.

Desde que era uma mudinha, já se passaram entre 2300 e 2700 anos, ninguém sabe ao certo. O que se sabe é que ela — e as outras sequoias — são muito grandes porque crescem rápido e vivem muito. Sobreviveram na região devido a uma conjunção de fatores, como a neve e o fogo. À neve abundante que, ao derreter, aplaca a imensa sede da gigante, e ao fogo, que desperta suas sementes da dormência e inibe o surgimento de outras espécies.

As sequoias do parque não queimam porque sua casca tem tanino. Por isso, os botânicos costumam fazer queimadas controladas para manter o equilíbrio do ecossistema.

Caprichos da Natureza, certamente. Assim, nós, humanos, que dominamos a planeta a menos de 10.000 anos, podemos refletir um pouco sobre a vida que começa e acaba, as espécies que vêm e vão.

Quem protege
o seu jardim

Eu nunca me canso de aprender. Por mais que tenha visto jardins e plantas, quando vou estudar sobre paisagismo aparece, por exemplo, a questão da cobertura do jardim. É o óbvio que me surpreende: a cobertura natural de um jardim é o céu.

Não existem dois céus iguais. Eu gosto da diferença entre eles. Gosto dos céus chuvosos de nuvens baixas. Elas são gordas, rodam sobre si mesmas, se juntam e se separam. Por vezes chovem, por vezes apenas passam.

Gosto do céu do amanhecer, lotado de tons alaranjados, com a bolona do sol que estica seus raios pelo chão, deixando a sombra das árvores bem compridas. Arte com luz que também rebrilha na gota de sereno da flor branca do jasmim estrela. Luz que desperta os pássaros e enche de cantos as copas das árvores e os canteiros de lírios.

Gosto do céu todo tingido de azul anil do final do inverno, que tanto contrasta com as folhas roxas do ipê quando a gente olha para cima. Ou do ipê amarelo, talvez o ipê que mais combine com o azul do céu.

Gosto do escurecer rápido dos finais da tarde do inverno e dos compridos pores-do-sol nas noites de verão, quando o sol já foi embora e, lá pelas nove horas da noite, sua luz ainda ilumina as nuvens bem altas, criando efeitos que parecem quadros impressionistas.

Cada um desses céus modifica o jardim. E esses são só os céus diurnos. Os céus noturnos são ainda mais extraordinários.

Escolha a noite certa, apague todas a luzes e passeie pelo seu jardim iluminado só pela lua. As fortes lâmpadas viciaram o olhar e fizeram todos nós termos medo da escuridão. Mas isso só acontece no primeiro momento. Logo vai descobrir que a luz lunar é muito mais intensa do que parece. Vai aprimorar também o seu ouvido, ouvir os grilos e as corujas; se surpreender com o balançar das folhas. Um mundão de experiências.

Tudo isso também é paisagismo e você vai confirmar como o céu é a cobertura mais perfeita que seu jardim pode ter.

Como se não bastasse tanta generosidade, o céu ainda é totalmente democrático. Infinito tanto para um enorme jardim como para quem cultiva o menor dos jardinzinhos.

Plantas perfumadas

Um jardim que não tenha plantas perfumadas fica sem personalidade, sem charme. Aqueles que são pontuados por perfumes sentidos enquanto se passeia por eles tornam-se inesquecíveis.

É na infância e na adolescência que a gente faz as associações entre cheiros e eventos marcantes. Sempre que surgir o cheiro, surgirá também a lembrança — é a chamada memória olfativa. Por isso, o perfume da murta poderá, por exemplo, nos lembrar daquelas férias passadas na casa de campo da avó, lá em Rio Preto.

Plantas perfumadas estão por toda a Natureza. Os cheiros fazem parte do sistema de polinização das flores, o que só melhora o espetáculo, pois atraem borboletas e pássaros para o jardim. Podem ser pequenas orquídeas ou árvores imponentes. Não importa. Escolha a sua e plante em seu jardim. Pode ter certeza de que fará uma enorme diferença para as suas lembranças e de toda a sua família.

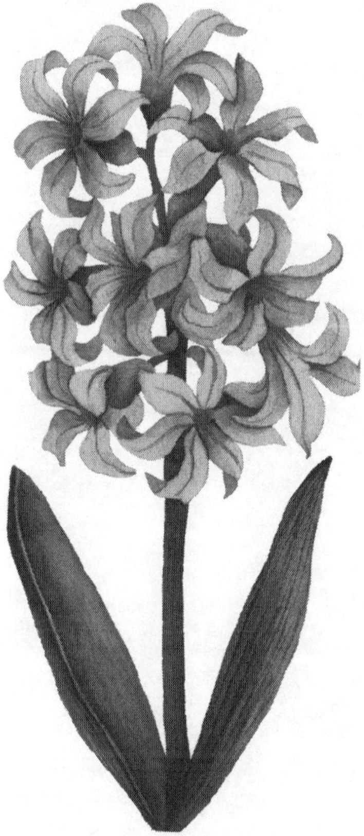

A MAGIA DO JARDIM

Quando meu neto Bruno nasceu, fiquei com vontade de escrever uma história para ele. Uma fábula que fosse bem cheia de aventuras, de magia, de amizade, e que falasse de jardim e de paisagismo. Algo com que ele, quando crescesse um pouco mais, pudesse se divertir e aprender. Veja como ficou.

Eu sou feito de vento. Rodopio, dou nó em mim mesmo, danço com as folhas, balanço os galhos, reviro a areia. Gosto de brincar. Entro em qualquer lugar, até no pensamento dos outros.

Moro no meio dessas árvores, perto das pedras. Conheço cada grãozinho dessa terra. Não tenho pressa para nada. O tempo para mim é o tempo das plantas, muito mais devagar que o tempo das pessoas.

Que falta de educação. Mil desculpas. Vou contando tudo isso sem nem me apresentar. Meu nome é Gino. Eu sou um *Genius Loci*, o gênio de jardim.

Você pode não ver, mas estou em cada cantinho da natureza. Sou eu que falo com as águas, com as terras e com as plantas. Sou, modestamente, genioso e genial.

Tenho vários amigos. Dadá, o dragão, está sempre comigo. Ele é verde e do tamanho de um passarinho. Tem asas, adora voar e dar rasantes só para ver as folhas balançarem.

Dadá é filho do Sol. Acorda quando o primeiro raio bate na barriga dele. Tem de tomar cuidado onde fica no final da tarde. Dorme em qualquer lugar, assim que o sol se põe.

Descansa agarrado num galho, como se fosse uma folha. De longe, ninguém consegue saber onde ele está. Todo dia demora para se levantar. Fica ali, de barrigona para cima, até ficar bem forte. É o sol que carrega as baterias dele.

Dadá está sempre com fome. Ele é vegetariano e reclama que está gordo. Vi quando ele olhou guloso para uma dália que, rapidinho, balançou sua flor:

— Nem vem, Dadá. Eu sou a única flor que tem por aqui. O Gino vai ficar uma fera se você me comer. Vira essa boca fumacenta para lá.

As tiriricas, que sempre crescem em grupo, ainda tentaram se esconder. Com suas garras, Dadá fez um macinho com elas e soltou um foguinho suave.

— Gosto de tiriricas assim, mal passadas.

E engoliu todas de uma vez.

Tive vontade de mergulhar na terra. Queria dar bom-dia para outra amiga, Mimi, a minhoca. Ela é muito sensível. Acha que tem dez corações.

Eu já expliquei que são apenas vasos que se contraem para levar o sangue pelo corpo minhoquês dela, mas ela não acredita:

— O que bombeia o sangue pelo corpo não é chamado de coração? Então, eu tenho dez corações. Por isso sou tão sensível.

Apesar de olhos não serem necessários para quem vive no escuro que é debaixo da terra, Mimi não se conforma com o fato de ser cega. Seu sonho é um dia poder ver uma flor. Não toquei nesse assunto, com medo de que ela chorasse. Dei meu bom-dia, mas vi que ela não estava feliz.

— Ah, Gino, esse chão tá duro demais. Viu como estou magrinha? Tenho passado fome, por falta de restos vegetais para comer.

Quem mandou eu ser o *Genius Loci* desse lugar? Tenho de escutar todas as reclamações. Fui ventar em outra freguesia.

Samir, o sapo, também não estava feliz. Queria muito um laguinho só para ele. Tinha conhecido Sabrina, a sapa, e desejava fazer família.

Um lago também era o sonho de Lulli, a libélula, sempre no ar, bonita e vaidosa com suas asas tão delicadas. Só que, nervosa como é, me deu a maior bronca:

— Você está muito fraquinho para ser o gênio desse lugar, viu Gino? Veja se dá um jeito de alguém fazer um jardim para nós.

Um gênio tem seu orgulho. Saí ventando em busca do tal "alguém" que pudesse ajeitar a terra, adubar, trazer umas mudas bem bonitas, plantar, regar.

Tinha de ser uma pessoa, porque só humanos fazem jardim. Nós, as criaturas mágicas, vivemos neles, mas somos proibidas de fazer jardins.

Foi quando eu vi o Bruninho. Um menininho lindo, de cabelos grandes e despenteados. Já falei que nós, gênios, somos caprichosos, não falei? Então o jardim tinha de ser daquele menino.

Fui espiar. Como sou um gênio, quis entrar na cabeça de Bruninho. As crianças não têm cabeça dura. Foi fácil escorregar por dentro da orelha dele e ir direto para a mente.

Nossa, quanta coisa. A cabeça do Bruninho, como a de toda criança, estava uma bagunça. Contos de fadas misturados com fórmulas matemáticas, a galinha pintadinha com bolos de chocolate, o cachorro Doug com o verbo *to be*.

Fui logo para o canto dos amores. Encontrei lá o vô Roberto. A mente de Bruninho sabia que o avô adorava plantas. Tinha acertado na escolha. Sou ou não sou um gênio?

Só que eu precisava fazer vô Roberto ir conhecer o meu cantinho. Não tive dúvidas. Soprei um vento bem forte e fiz o chapéu do vô Roberto voar bem alto. Ele voou, voou, passou por cima da cerca viva de hibiscos e foi cair em cima da dália.

Vô Roberto foi correndo atrás. Quando chegou e levantou o chapéu, a dália abriu um sorriso repleto de vermelhos. Eu soprei a ideia: logo será o aniversário do Bruninho. Dê um jardim de presente para ele.

Vô Roberto sorriu entusiasmado com a ideia que ele tinha acabado de ter.

Voltou com o chapéu bem enfiado na cabeça. Bruninho brincou com o avô:

— Você nem parece velho. Saiu correndo como se fosse criança!

— É o meu chapéu de estimação, né Bruninho? Ele sempre fica me dando ideias.

— Ah é? E que ideia ele te deu hoje?

— Você nem vai acreditar.

— Fala logo, vô.

— Sabe aquele cantinho que ninguém usa, que agora só tem mato?

— Claro que sei. Lá perto das pedras?

— Esse mesmo. Vai ser seu presente de aniversário.

Vou fazer um jardim para você lá.
— Para mim? Um jardim? Da hora!
Eu que estava lá, só assistindo, achei que devia soprar uma ideia bem sopradinha na orelha do menino.
— Mas, vô, só vou querer se for um jardim mágico.

※

Eu vi tudo. Vi chegarem os paisagistas cheios de ideias. Vi que conversaram com o vô Roberto e com o Bruninho. Vi que todos sorriam muito. Gostei que eles não foram enfiando enxadas, abrindo covas, entulhando tudo com plantas. Me chamaram para conversar.

Eu fui, é claro. Mas sou difícil e gosto de ser bem tratado. Sou caprichoso e falo outra língua. Por isso, os paisagistas Raul e Toni tinham de esperar a inspiração na hora que eu quisesse.

Pessoalmente, não faço distinção entre plantas de mato e de jardim. Tudo é natureza. Mas jardim é diferente. Jardim é feito para pessoas passearem entre as árvores, com flores cheirosas, só planta bonita para alegria dos olhos, com borboletas e beija-flores se lambuzando de néctar e pólen.

Nos bons jardins reina a paz.

Isso Raul e Toni já sabiam. O que eles queriam é que eu contasse o que aquele pedaço de chão queria ser. Pode não parecer para quem acaba de chegar, mas qualquer cantinho tem milhões de anos de história de convivência entre terra, plantas e bichinhos. Então, por isso cada chão tem seu querer.

Toni andou de lá pra cá. Na verdade, eu fui empurrando ele até um determinado lugar. Lá, sussurrei:

"Limão siciliano."
Toni entendeu na hora. Falou para o Raul:
— Vou plantar um Citrus limon bem aqui para começar o jardim. Aliás, vou plantar logo três para ficar bem bonito.
— Boa, Toni. Você começou bem.

Pensei em Dadá. Ele ia adorar dar sua baforada na casca da fruta e isso iria liberar o óleo essencial do limão, ótimo para transmitir felicidade e alegria, como todos os cítricos. Bruninho e vô Roberto iam sentir essas boas energias.

Era a vez do Raul. Ele sabia que precisava escolher uma árvore. Só não sabia direito qual delas. Foi quando entrei em cena: uma canafístula ficaria ótima ali. Assoprei para ele, em latim, só para ver se ele me entendia:
"*Peltophorum dubium.*"
Raul entendeu na hora. Já falou para o Toni:
— Quero uma árvore-mãe, aquela que enriquece o solo, que dá uma bela sombra e ainda tem grande cachos com flores amarelas: uma canafístula, a própria *Peltophorum dubium*.

Pronto. Com isso adiantava a vida da Mimi. Com uma árvore dessa criando raízes, se enfiando pelo solo, a vida dela ia ficar muito melhor.

Com meu vento azul fui empurrando Toni para uma parte mais afastada do terreno. Ele olhava para cima observando o céu, estranhando o vento, quando atolou o pé numa poça.

Com a experiência de um velho paisagista, ele logo notou: se havia uma poça, é porque havia água. Se havia água, podia ser feito um lago.

— Veja, Raul! Aqui tem uma nascente e vamos poder fazer um laguinho.

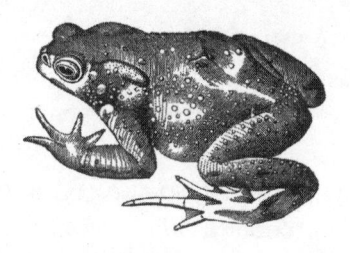

Pronto, com isso resolvia o problema do Samir, que precisava casar com a Sabrina, e também da Lulli. Aí ficou fácil. Foi só ir assoprando todas as outras plantas que eu, Gino, o gênio, queria para o meu jardim.

Vi, de longe, vô Roberto e meu amigo Bruninho se aproximando. O menino estava todo feliz. Chegou, deu um beijo em Toni, outro em Raul e perguntou:

— E então? Como vai ser o meu jardim?

Toni respondeu:

— Ele já existe na imaginação. Agora precisamos convocar a forças da natureza para fazer ele existir de verdade.

Gostei do que ouvi. Finalmente Lulli não ia mais poder me chamar de gênio fraquinho. Ia ver que lindo jardim ela teria para sobrevoar.

*

Era dia de festa. O jardim de Bruninho ia ser inaugurado. O difícil de ser feito de vento é que não dá para usar roupa de aniversário. Como eu sou um gênio, logo dei um jeito: passei por um jasminzeiro, me esfreguei nas flores brancas e pronto: fiquei bem cheiroso!

Eu mesmo, apesar de tanta gente celebrando, não estava feliz. Não tinha achado um presente para o

Bruninho. É, até um gênio como eu tem seus momentos de indecisão.

Pensei, pensei e pensei. Depois, pensei mais um pouquinho. O que eu poderia dar para o Bruninho que ninguém mais poderia dar, só eu? Tive a ideia: meu presente ia ser ele aprender a falar a língua dos dragões.

Usei minha técnica especial para encantos. Dei uma torcida bem forte, fiz um rodopio rápido, rápido, bem rápido, até que saiu uma faísca. Pronto. A faísca foi o sinal que o encanto tinha funcionado. Bruninho ia poder conversar com Dadá.

Entrei com jeito na cabeça do Bruninho. Lá dentro continuava tudo bagunçado. Mas tinha um monte de bocas sorrindo, dando beijinhos e parabéns. Tinha também uma privadinha. Por isso saí dos pensamentos dele e esperei que ele fosse fazer xixi.

Voltou com um sanduíche. Decidi que era uma hora perfeita para ele ver meu amigo Dadá. Dragões, mesmo os pequeninhos, não se exibem para estranhos.

Assoprei:

"Vai lá, Dadá, mostre-se para o Bruninho."

Ele foi saindo assim, meio sem jeito, de trás da moita de capim-dos-pampas. Bruninho deixou cair o sanduíche de susto quando viu aquele dragãozinho verde voando perto dele. Dadá se escondeu e só se ouviu a sua voz:

— Desculpe-me, desculpe-me, não queria te assustar.
— Você fala?
— Ué, você achava que os dragões eram mudos?
— Vem cá. Eu nunca vi um dragão ao vivo. Só nos livros.

Então, Dadá apareceu segurando uma cenoura. Soltou seu bafo de fogo e ofereceu-a para o Bruninho:

— Para compensar o sanduíche que você perdeu. Prove.

— Cenoura grelhada ao bafo de dragão? Da hora. Taí, uma comida que eu nunca comi.

— É que eu sou clorofilado — contou Dadá —, um dragão bem saudável.

— Cloro... o que?

Dadá contou então que ele era como as plantas. Por isso era verde. Sua energia vinha da luz do sol, da água e do ar.

— Ah, Dadá, não sei se entendi. Se você não é um bichinho, então é uma planta?

— Nem uma coisa nem outra. Eu sou um dragão. Sou filho do Sol, solto fogo pela boca. Você já viu uma planta soltar fogo? Então eu não sou planta.

— Desculpe, Dadá. Não quis te ofender.

— Você falou isso porque me acha gordo. Pareço uma melancia. É isso, não é?

— Você é lindo, Dadá. Nunca vi um dragãozinho mais bonito que você.

— Você também nunca viu nenhum outro dragão. Sou gordo, sim, porque tenho que guardar um monte de fogo dentro de mim. Quer mais uma cenoura grelhada?

Eu só fiquei assistindo. Deixei os dois. Eles já tinham até brigado. E nada como uma discussãozinha para fortalecer um amizade que está começado.

*

Quando caiu, o sanduíche do Bruninho chamou a atenção de Mimi, a minhoca. Ela sentiu também os passinhos de formigas se aproximando.

Mimi tinha medo das formigas. Eram elas que roubavam a sua comida, infernizavam a sua vida. De todas, a pior era Fami, a faminta, que não dava sossego para ninguém.

Por sorte, Mimi tinha a proteção de Dadá. E o que as formigas mais temiam era o fogo que saía de sua boca.

Eu sabia de tudo isso porque sou um gênio e muito enxerido. Fico só acompanhando o que acontece no meu jardim. Claro, né? É meu dever. Falei para ela:

— Oi, Mimi.

— Gino, é você?

— Quem mais poderia ser?

— Ah, Gino, obrigada. Depois que você deu um jeito de alguém fazer esse jardim, a vida melhorou muito por aqui. Perdi até aquela cinturinha fina que eu tinha.

— Para com isso, Mimi, e lá minhoca tem cintura?

— Não fale assim, Gino. Sou muito sensível, você sabe. Tem tanta coisa que eu gostaria de ter e não tenho...

— Vai reclamar de novo? Já não fiz o que você queria?

— Fez. Já até agradeci. Mas é que eu tenho um sonho.

— Fala logo. Vida de gênio é assim mesmo. Todo mundo tem um desejo. Alguns, às vezes, até três.

— É, mas eu tenho uma coisa que você ia gostar de saber.

— O quê?

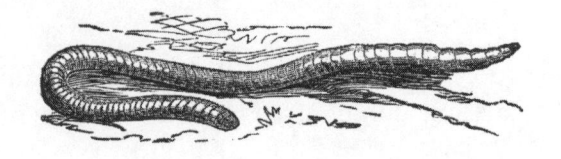

— Você sabe que eu sinto tudo que acontece aqui debaixo da terra e as formigas andam bem agitadas.

Mimi me contou então que a Fami, a faminta, estava em contato com outros formigueiros. Planejava reunir um grande exército para fazer um ataque em massa no nosso jardim recém-implantado.

O formigueiro era um problema que eu vinha enfrentando fazia algum tempo. Tudo no jardim era do jeito que eu queria. Só não me dava com as atrevidas das formigas que sequer falavam comigo.

— Está bem, vou admitir. Eu também odeio as formigas. Se você descobrir como será esse ataque eu realizo seu desejo.

— Você nem perguntou o que é?

— Sou um gênio, não sou? Vou adivinhar: você quer sentir o cheiro de uma flor.

*

Lulli, a libélula não tinha nenhuma simpatia por Samir, o sapo. Agora que ele tinha trazido Sabrina para morar no laguinho que eles tinham em condomínio é que a amizade ficou ainda mais abalada.

— Eu, hein! Com sapo não quero graça. Aquelas línguas enormes loucas para engolir um bichinho.

Lulli é a aristocrata do nosso jardim. Tem orgulho das asas que as fadas copiaram. De todas as suas virtudes, porém, era a visão o grande trunfo dela. Tudo enxergava com seus olhos compostos por até 30 mil facetas que permitiam um campo visual de 360 graus. É por isso que nomeei Lulli a guardiã do nosso jardim.

Foi na manhã seguinte à inauguração do jardim do Bruninho que Lulli veio voando falar comigo. Estava agitada, as asas em ritmo frenético.

— Calma, Lulli, o que você viu que te deixou assim tão loucona?

— É a Fami que está vindo para cá. Ela convocou o formigueiro inteiro. Acho que vão acabar com o jardim.

Eu não podia permitir isso. Desci voando para falar com Mimi, que me confirmou tudo.

— Eu estou sentindo a vibração do solo. Nunca foi tão forte. Nem mesmo ontem que foi a festa do Bruninho — falou minha amiga.

Era preciso montar a defesa. Urgente. Chamei Dadá, Samir, Sabrina, Lulli e Mimi. A linha de defesa ia ser a cerca viva de primavera multicolorida plantada pelo Raul e pelo Toni.

Não demorou nada, Lulli deu o aviso. Eu pedi calma e mandei esperar. Samir ficou de um lado, Sabrina do outro. Mandei esperar mais. Quando as formigas se aproximaram, dei a ordem. Cada um lançou sua língua enorme e foram empurrando as formigas para a canaleta de água da chuva.

— Venham — coaxavam em coro Samir e Sabrina.

Cada formiga que se aproximava eles capturavam com suas línguas grudentas e, para se proteger, elas iam se aproximando umas das outras.

Quando estavam todas amontoadas, foi a vez de Dadá, que tinha ficado esticado ao sol e estava com as baterias no máximo. A labareda atingiu as formigas em cheio. Elas voaram, queimadas, por todo lado. Samir e Sabrina faziam a festa:

— Oba, formigas tostadas, que delícia.

Mimi chamou todas as amigas e prepararam uma rede de túneis. Foi lá que as formigas, apavoradas, tentaram se esconder. Mas o bafo flamejante de Dadá liquidou com as fujonas.

Lulli, do alto, gritava instruções de onde as formigas estavam se escondendo. Eu ajudava soprando um cheiro bem forte que peguei em uns jatobás podres que encontrei para atrapalhar a comunicação pelos feromônios lançados pelas formigas.

Foi quando vi o Bruninho se aproximando do nosso campo de batalha. Eu nem queria que ele participasse da luta. Mas, atraído pela confusão e pelas chamas que saíam da boca de Dadá, ele veio ver o que estava acontecendo.

Fami, a Formiga Faminta, ao ver que Bruninho estava de chinelos, sentiu que era a sua chance. Correu de encontro ao menino e zás, apertou suas garras contra o dedão do pobre menino.

Num reflexo, antes mesmo que doesse, Bruninho levantou a perna e pisou em Fami. A formiga tonteou mas, como estava na grama apenas afundou. Foi quando Sabrina veio em socorro e, numa linguada só, acabou com Fami, a Faminta.

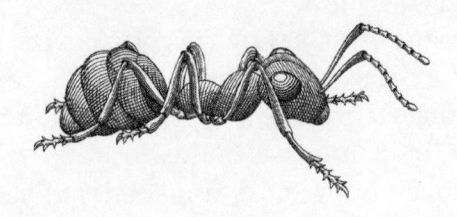

Desnorteadas, todas as outras formigas bateram em retirada. Um alto grito de alegria celebrou a nossa vitória.

Em boa hora, porque Dadá já estava caído, sem forças, soltando apenas uma chama muito pequenininha e precisando recarregar suas baterias ao sol.

Samir e Sabrina estavam enormes de tanto comer formigas. E Lulli precisava pousar um pouco num galho perto da água para descansar. Só eu ainda tinha energia para muitas horas de batalha. Mas eu sou um gênio, e gênios não se cansam.

A paz voltou ao nosso jardim. Estávamos todos felizes, mais unidos do que nunca. Bruninho tinha seu jardim mágico: quando eu entrei na cabeça dele de novo, vi que tudo estava muito mais organizado.

Ele agora cultivava os pensamentos como se fossem canteiros. O mais bonito de todos era o canteiro da fantasia, onde estávamos todos nós. Só faltava a Mimi, que ele ainda não tinha conhecido. Lembrei da minha promessa. Corri para baixo da terra para encontrá-la.

— Achei que tinha se esquecido de mim.

— Imagina — eu disse. — É hoje que vai acontecer.

Mandei que Mimi abrisse um buraquinho na terra e

botasse a cabeça de fora. Dei, então, a minha clássica torcida de vento, fiz um rodopio rápido, rápido, bem rápido, até que saiu uma faísca. Pronto.

Mimi, a minhoca, se tornou Babi, a borboleta. Foi então cheirando de flor em flor, esfregando as patinhas cheias de polén. Eu, bem, eu sou feito de vento, rodopiei, dei um nó em mim mesmo, feliz por ser o *Genius Loci* desse jardim mágico do Bruninho, um menininho lindo dos cabelos grandes e sempre despenteados.

Vanda,
a inconfundível

Foi difícil acreditar. Elas estavam ali na minha frente. Aquelas cestinhas minúsculas, sem substrato, sem nada, um esfagno que fosse, me surpreenderam. As raízes atravessavam o plástico vazio e pendiam para mais de um metro, entrelaçadas, diferentes de tudo que eu havia visto até então. Os olhos passaram rapidamente pelas folhas para se encantarem para sempre com as flores, enormes e multicoloridas.

São as Vandas, falou rindo da minha reação o Valério Romahn. Era a primeira vez que ele me levava a um orquidário naqueles meus primeiros tempos da revista *Natureza*. Ao contrário do que aconteceu com tantas outras plantas, nunca mais confundi as Vandas. Fiquei certo, desde aquele primeiro momento, que ela era a mais linda e nobre de todas as orquídeas.

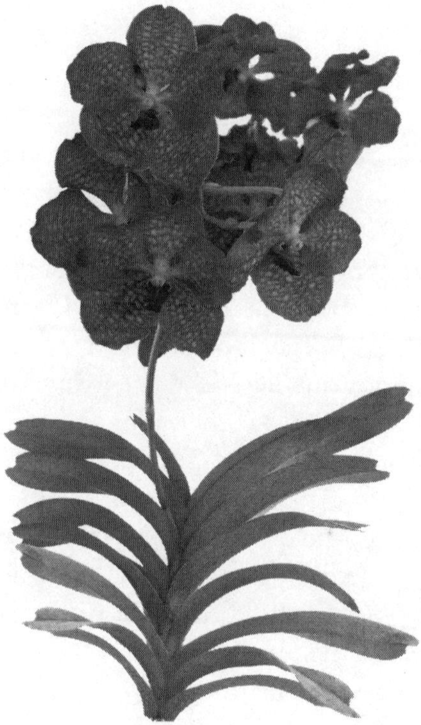

UMA HISTÓRIA
DE CIÊNCIA E BELEZA

Se você encontrar uma *Digitalis purpurea*, cumprimente-a. Talvez não seja assim tão fácil ficar frente a frente com suas belas hastes de um metro e meio recobertas de coloridas flores tubulares, já que existem poucos exemplares no Brasil. Ela gosta mesmo é das florestas frias da Europa. Motivos sobrarão para você congratular essa planta que pode figurar em qualquer enciclopédia de mitos, ciências ou artes.

Reverencie seus encantos por estar, por exemplo, no mais valioso dos quadros de Vincent van Gogh, aquele que mostra o Dr. Paul Gachet. Ela, a digitalis, não está lá por sua beleza, tampouco para colorir a tela. Foi graças ao princípio ativo da digitalina, o extrato das suas folhas, receitado pelo Dr. Gachet, que Van Gogh teve alucinações visuais e criou a sua "fase amarela". O amalucado pintor agradeceu, à sua maneira, os favores da planta para a história da arte.

Apresente seus respeitos pela poderosa química que existe na flor, no caule, nas raízes e nas sementes. Já em 1785, um médico inglês chamado William Withering extraiu a tal da digitalina, que se tornaria o marco inicial da terapêutica moderna. De tóxica para farmacológica pensou-se que poderia ser ótima para o coração e usada no combate a convulsões e a epilepsia — tanto que o dr. Gachet a prescreveu para Van Gogh em 1890. Mas nem sonhe em manipular seus poderes. Os médicos e fitoterapeutas têm cada vez mais medo de receitar seu uso devido aos terríveis efeitos colaterais.

    Felicite a bela digitalis pelo que tem feito pela fantasia humana. No norte da Europa, suas flores, que se encaixam perfeitamente nos dedos — daí o nome —, servem também como canal de comunicação com criaturas mágicas. Fadas em particular. Lá da Escandinávia dizem que as mulheres dos elfos são apaixonadas pelas suas flores em forma de sino.

    Antes de se despedir respeitosamente da digitalis, se tiver sorte, talvez caia sobre você um pouquinho de pó mágico. Nesse momento verá que ela está sempre rodeada por criaturinhas com asas de borboletas. Essas, sim, interessadas apenas na sua imensa beleza.

Fabulosas folhas

Folhas fêmeas
Folhas felpudas
Folhas fendidas
Fogosas folhas

Folhas falantes
Folhas faceiras
Folhas frenéticas
Feiticeiras folhas

Folhas famintas
Folhas frágeis
Folhas frívolas
Finas folhas

Folhas ferozes
Folhas feridas
Folhas fervidas
Flageladas folhas

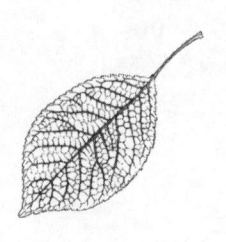

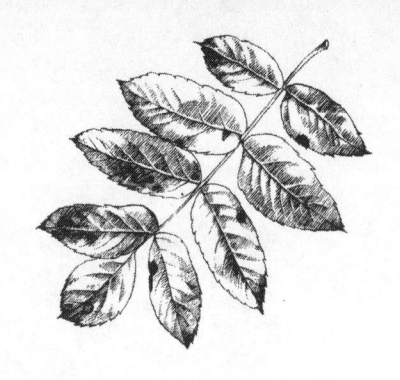

Folhas fraternas
Folhas fraturadas
Folhas fugazes
Frágeis folhas

Folhas fiéis
Folhas fervorosas
Folhas festivas
Filosóficas folhas

Finas flores
Fantasiadas de folhas

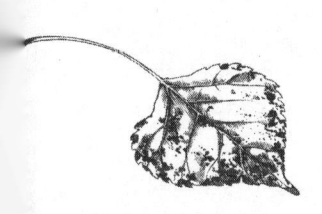

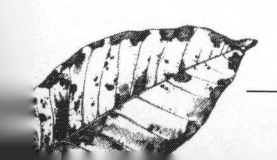

IPÊ AMARELO

Se você tem pouco espaço e deseja ter uma árvore, o ipê amarelo (*Hadroanthus chrysotrichus*) pode ser a sua escolha ideal. Além de ter uma das mais belas floradas, sua copa ocupa pouco espaço e as raízes são pivotantes, ou seja, crescem direcionadas para baixo. É o que se pode chamar de uma árvore prática e bonita.

É típica do Brasil e tem uma característica muito particular: no ápice do inverno brasileiro, quando tudo está seco, é que ela mostra sua força. Começa perdendo todas as folhas. Quando fica completamente pelada é que surge a florada. E que florada! Buquês de flores no formato de sino que geram seu nome popular de "árvore da corneta dourada". Quem vê fica encantado. Até quando caem, o espetáculo continua com as flores fazendo um belíssimo tapete amarelo.

Há quem diga que o ipê amarelo é a árvore símbolo do Brasil. A informação está errada, apesar de divulgada em inúmeras páginas da internet. A árvore símbolo do Brasil é, com justiça, o pau-brasil (*Paubrasilia echinata*), de acordo com a lei 6.607, de 7 de dezembro de 1978.

Preste atenção na escolha da sua muda. A família dos ipês é enorme, com as mais diversas cores, tamanhos e formas, cada uma delas florescendo em épocas diferentes. Entre elas, vários ipês amarelos. De todos, a *chrysotrichus* é mais indicada para jardins pequenos. Como a velocidade de crescimento é moderada, escolha mudas com mais de um metro de altura.

Depois de alguns invernos, quando tudo o mais estiver feio e seco no seu jardim, o ipê amarelo dará a mais bela florada que você puder imaginar. Logo depois, quando a primavera chegar, as folhas voltarão. Ah, um detalhe importantíssimo: o rugoso caule do ipê amarelo é perfeito para você fixar orquídeas.

ÁGUA DA VIDA

Saber, ninguém sabe direito. Porém, muitos cientistas estão convencidos de que a água que abençoa nosso planeta veio de cometas. Isso mesmo, quando a Terra estava se formando — e as coisas eram muito mais confusas do que são hoje —, vários cometas se espatifaram por aqui. A cauda de um cometa é feito de poeira e gelo, e graças a essa interferência cósmica, a vida surgiu no nosso planetinha azul.

Quando ouço o barulhinho de uma fonte ou vejo as carpas nadando tranquilamente em um laguinho, penso o muito que falta para a gente entender como a vida funciona. Li o livro *Esperança contra o câncer*, do dr. Walter Weber, no qual o autor cita o caso de um paciente terminal que, cansado de tanto tratamento, foi para o campo e começou a se dedicar à jardinagem.

Tenho até medo de relatar que o paciente se curou. Longe de mim dizer que cuidar de plantas ou cultivar legumes possa curar uma simples unha encravada. Mas é do conhecimento da medicina que a atitude do paciente faz toda a diferença para o tratamento. E isso faz muito sentido.

Praticar jardinagem, ensina dr. Weber, é uma atividade sensitiva. A gente está cuidando da vida, multiplicando, vendo uma semente se abrir e revelar aos poucos a majestosa árvore que mora na sua essência. Um bom exemplo pode ser o cultivo de uma simples cenoura. Essa raiz é uma grande fonte de fibra dietética, antioxidante, tem minerais e betacaroteno, melhora a visão, a pele, as mucosas e é repleta de vitamina A. Fora outros benefícios que a gente nem imagina.

Agora, se a cenoura altera a gente, o reverso também é verdadeiro. Ela aparecia nas cores púrpura, branca e amarela. Só se tornou laranja porque alguns holandeses modificaram a planta para homenagear Guilherme I de Orange (*orange*, laranja, é a cor da monarquia holandesa) durante a guerra holandesa de independência da Espanha, no século 16. Pois é, uma simples cenoura também pode revelar muito da cultura humana.

A vida é paciente, não tem pressa. As carpas nadam tranquilamente na água que já viajou pelo espaço; à sua volta, as plantas crescem com raízes entranhadas no planeta; e a gente se torna muito mais saudável se der um pouco de atenção à magia da vida que está por toda parte. Basta praticar jardinagem e ter atitude, não é, dr. Weber?

Fedorzinho bom

Cheiro bom ou ruim é apenas uma questão de sensibilidade olfativa. Para os humanos, o mau cheiro indica coisas nojentas e perigosas. Para vários insetos, significa manjares deliciosos e, muitas vezes, até oportunidades sexuais. É sobre carnes em decomposição que alguns deles depositam seus ovos.

A *Stapelia gigantea* tem seu cheiro podre. A *Stapelia asterias* fede carniça. A *Amorphophallus titanum* tem o apelido de flor-cadáver, não por acaso. E a orquídea *Bulbophyllum basisetum* então... que presença mais desagradável a narizes sensíveis.

De todas, a *Amorphophallus titanum*, além de ser terrivelmente fétida, acumula o título da maior inflorescência do mundo, com dois metros de altura e um de largura. É muita flor e muito fedor.

É ao cair da tarde que ela mostra seu potencial, exalando um fortíssimo cheiro de carniça que enlouquece os besouros e moscas da região. Ela vive 40 anos, mas floresce apenas umas três ou quatro vezes, desenvolvendo uma única e longa haste que chega a 3 metros de altura. Difícil é chegar perto para apreciar tanta beleza.

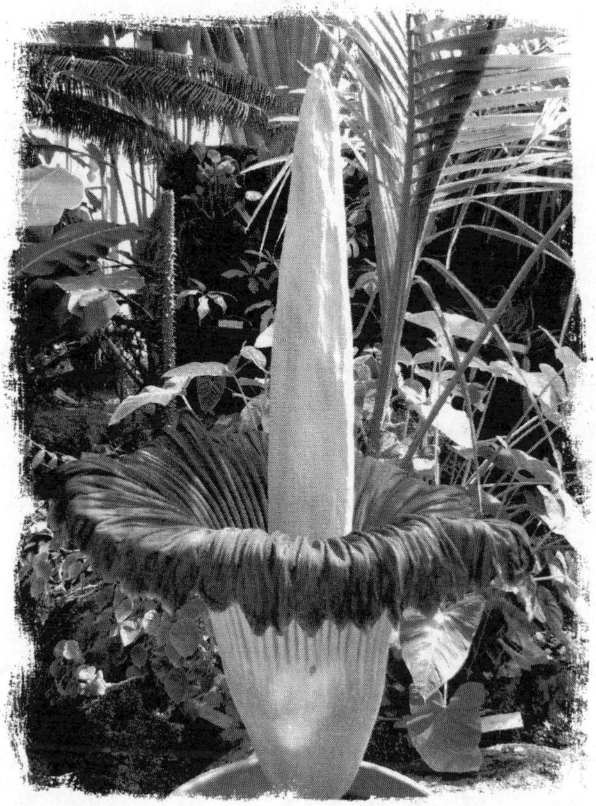

DESCOBERTAS PELO CAMINHO

Não é você quem faz um caminho. São os seus pés. Pode observar: toda vez que você vai de um lugar ao outro, por mais que queira seguir o traçado mais curto, naturalmente seus pés procuram pelo lugar de menor inclinação, que tenha o menor número de obstáculos ou que seja o mais bonito. Raramente obedece à lei "uma linha reta é a menor distância entre dois pontos". Pode até ficar mais longo. É, porém, muito mais agradável.

É assim desde que o mundo é mundo. Mulher bonita é aquela que tem as curvas certas; todas as flores têm pétalas redondinhas (não consigo imaginar uma pétala quadrada); e se até o planeta é uma esfera... os caminhos de seu jardim também não precisam ser retos e sem graça.

Os caminhos chamados orgânicos desprezam a matemática e as equações. São intuitivos. Quem melhor descobre os trajetos naturais de seu jardim são as mesmas pessoas que se soltam e deixam a vida fluir. Às vezes, a gente quer se forçar a realizar alguma coisa — ficar em um trabalho chato, continuar com uma pessoa que não é mais amada —, mas não dá certo. As pequenas atitudes do cotidiano vão nos "traindo" e levando para o caminho natural dos desejos mais legítimos. Assim é também com o jardim. Se o trajeto for feito errado, logo você "cortará caminho" e criará uma nova trilha.

Os melhores caminhos, além de orgânicos, são largos, feitos para que duas pessoas possam caminhar lado a lado. É uma delícia ter a pessoa certa a seu lado, olhando na mesma direção, compartilhando sentimentos, curtindo o encantamento de uma nova flor que brotou na última noite, sentindo o perfume de um jasmim, encantando-se com o voo do beija-flor. É só deixar seus pés caminharem para descobrirem, juntos, o imenso mundo que pulsa em seu jardim.

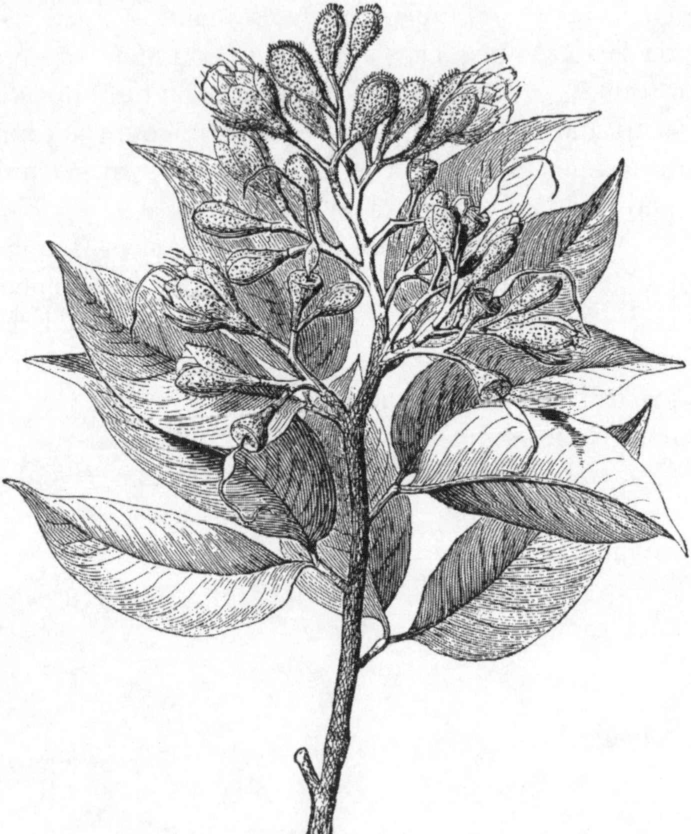

Um barco para colher Jatobá

O jatobá é uma árvore vigorosa, enorme. Um dia tive o estranho gosto de colher um fruto dessa árvore no galho mais alto usando um barco. Isso mesmo, um barco, desses movidos a motor. Ele navegou à volta da copa, estiquei o braço e colhi o fruto de casca dura, de um marrom bem escuro, brilhante. Não abri para conferir o pó amarelo, também chamado de pão-de-ló-de-mico, por agradar os macacos.

Lembrei-me da minha infância, das vezes que comi, só para experimentar o gosto estranho, farinhento, que deixa os dentes muito amarelos. Fora o cheiro, muito forte, inesquecível. Só que em criança, subia na árvore ou pegava dos galhos mais baixos. Não usava um barco, como nesse dia que foi, certamente, uma das maiores lições de ecologia que já tive.

Eu era um jovem repórter de jornal. Trabalhava na editoria geral, ou seja, fazia qualquer serviço que aparecesse. Cada dia era uma surpresa, nenhuma delas monótona, já que só vira notícia de jornal o que é diferente.

Chegava à redação disposto para o que desse e viesse: entrar em favela com a polícia para procurar bandidos; falar com atores, atrizes e diretores em noite de estreia de peças de teatro ou festa de lançamento de novela de TV; entrevistar o governador do Estado; cobrir carnaval na avenida; descrever a encenação da paixão de Cristo na Sexta-Feira Santa; reclamar de buraco de rua... Até nazista foragido eu cacei.

Aquela pauta, porém, era diferente, se é que havia alguma repetida. Devia ir para os confins do Rio Grande fazer uma reportagem sobre o enchimento da represa de Água Vermelha, próxima à cidade de Indiaporã, SP. Não fui sozinho. Além do fotógrafo, várias equipes de outros jornais, revistas e TVs também mandaram seus repórteres.

Cheguei ao local. As comportas da represa, enorme, com uma barragem de quatro quilômetros de extensão por 57 metros de altura, já tinham sido fechadas. A água subia para encher o lago cuja água moveria as turbinas. Para ser exato, subia um metro por dia e quando cheguei lá, estava fechada havia oito dias. Das árvores só se viam as copas, das palmeiras, só os leques.

Como é do instinto dos bichos, quando a água começa a subir, buscam proteção no topo das árvores e esperam baixar. Como isso não aconteceria, o destino deles estava traçado: morreriam afogados ou de fome. Para tentar minimizar um pouco o desastre, biólogos, especialistas em animais e policiais florestais pretendiam resgatar quantos animais conseguissem. Para mostrar que os responsáveis pela construção da represa eram pessoas bacanas, preocupadas com os animais, convidaram jornalistas para acompanhar o trabalho.

Eram vários barcos. Cada um com uma equipe de salvamento. Entrei em um deles. Foi assim que encontrei o jatobá. Vigoroso, bonito, repleto de frutos, tão grande que se destacava. Ficava maior ainda refletido na água do lago. Gritos de saguis saudaram a nossa aproximação. Saudar é forma de falar. Eles guinchavam para ver se a gente se afastava. Não tinham como saber, digamos assim, das nossas boas intenções. Mal a gente ia para um lado, eles pulavam para outro.

A técnica dos especialistas não era lá muito apurada para pegar os animais. Balançavam os galhos até que os pobres animais, cada vez mais apavorados, se desequilibravam e caíam na água. Então, com um puçá (espécie de rede), alguém da equipe apanhava o bicho e colocava em uma caixa com buracos para a entrada de ar. Os micos iam caindo, um a um. Um gambá, mais esperto, para se segurar, mordeu uma forquilha e lá ficou, pendurado. Por mais que o galho balançasse, ele não caía. A solução foi cortar o galho com machado. Só assim, sempre mordendo a forquilha, ele foi para a água para então ser resgatado. O pobre jatobá perdia assim seus galhos e seus encantos. O que era para ser uma árvore linda, morria afogada e deformada.

O jatobá (*Hymenaea courbaril*) não é lá muito "popular" entre os bichos. Tudo porque tem cheiro forte e uma resina que, quando a casca é perfurada, gruda nas patas dos animais, algo que eles detestam. Seu fruto farinhento serve para fazer bolos, biscoitos, broas... Todos muito saudáveis e nutritivos. O problema é que o cheiro de jatobá permanece, o que atrapalha o sucesso das receitas.

Sua casca é de uma madeira dura, que serve perfeitamente para artesanato. É, porém, a madeira nobre do seu tronco, excelente para móveis, que mais desperta interesse econômico.

Na minha reportagem, escrevi sobre a troca que nós, humanos, fazemos com a natureza para buscar eletricidade. O pobre do jatobá era apenas um exemplo entre tantas outras espécies que compunham a mata ciliar do rio que desaparecia debaixo da represa.

Foi um dia triste para mim. Via desaparecer o Rio Grande. Ouvia os relatos dos moradores da região que falavam do rio que passava rápido espremido entre pedras, até formar a Cachoeira dos Índios, onde foi feita a barragem. Anotava os nomes de várias outras pequenas quedas, como o Tombo das Andorinhas, o Caldeirão do Inferno, o Tombo dos Dourados, o Tombo das Três Pedras, o Tombo da Fumaça, o Véu de Noiva, que tinha feito a alegria da garotada em passeios para sempre inesquecíveis.

Para os peixes, então, a tragédia era total. Acostumados a seus ciclos de migração, aos seus esconderijos, nadavam sem rumo depois de esbarrar na barragem. Alegria dos pescadores que afluíram às centenas, superlotando barcos com jaús, cascudos ou corimbatás. Um caminhão frigorífico estacionado perto do acampamento dos pescadores recolhia as toneladas da pescaria fácil e covarde.

O banquete também era farto para os gaviões. Encarapitados nas árvores, os bichos não tinham como se esconder. Da mesma forma, pequenos animais como aranhas, gafanhotos e colônias de formigas, encontravam-se desprotegidos no topo das árvores e faziam a festa dos bandos de pássaros como bem-te-vis, andorinhas, anus e tesouras. Levavam a farta alimentação à cria nos ninhos, inocentes que em breve tudo estaria debaixo d'água, matando os filhotes incapazes de voar.

Via a tragédia por todo lado. O rio assassinado levando consigo toda a vida que havia por ali. Falar em ecologia, sustentabilidade, defender essas causas na teoria ou em passeatas parece banal. Ver de perto todo um complexo sistema de vida com rio, peixes, plantas, bichos e aves sendo destruído mostrou, da forma mais clara que já vi, o preço em vidas de ter energia elétrica para fazer funcionar o computador no qual digito esse texto. Deu até vontade de acender uma vela e escrever minhas histórias com grafite.

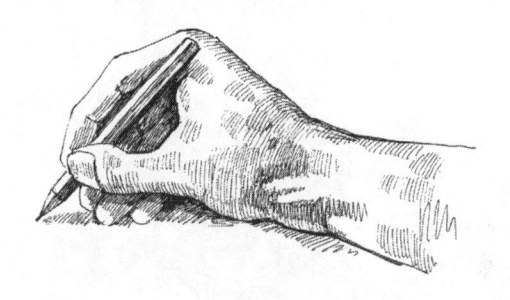

Belezas diferentes

Foi ele, o grande mestre Burle Marx, que disse: "Não existem plantas feias. Existem plantas bem ou mal agrupadas".

Não foi por acaso que ele mudou para sempre o paisagismo no Brasil. Sintetizou em duas frases praticamente tudo que é preciso constar em um manual de paisagismo. Pense em uma planta feia. Eu me lembro da mamona na hora. Posso desfilar vários adjetivos para manchar a imagem dela: vulgar, caule fino e frágil, esgalhada, boa mesmo só para usar a semente e atirar no estilingue como fazem as crianças. Por décadas, a pobre da mamona ficou como o meu ícone de planta feia.

Foi em Paris que tive de rever meus conceitos. Em um belíssimo canteiro na *Avenue des Champs-Élysées*, a atração, a planta escultural, era a mamona. Fiquei pasmo. Precisei que um jardinista francês mudasse a minha opinião. As folhas largas da mamona até que eram bem diferentes. E o cacho com os frutinhos cheios de espinhos pareceu bem bacana.

Quem gosta de planta realmente gosta de todas elas. As mais bonitas, claro, são as que geram as mais belas flores. Nem por isso, as que têm apenas folhas a exibir são menos atrativas. Há os mais diferentes tons de verde, roxo, lilás, listradas, malhadas, pintadas, inteiras, cortadas, lancetadas, variando até o infinito. São magníficos os trabalhos feitos com a combinação de folhagens. Aliás, só os melhores e mais sofisticados jardinistas trabalham com folhagens.

A graça justamente é reconhecer as diferenças entre as plantas, assim como a gente precisa enxergar e respeitar as diferenças entre as pessoas.

Eu já me acostumei. Quem não tem prática é incapaz de enxergar diferenças entre plantas. Outro dia, convidei um grande amigo, o Carlos Henry, para almoçar comigo na chácara. Ele é uma pessoa sensível, médico de profissão e também músico e escritor. Quando fomos passear e comecei a falar sobre plantas, da flor da falsa-íris, do cacho da chuva-de-ouro, da eritrina, percebi que ele nada estava entendendo. Para ele, eram apenas plantas. Só se surpreendeu quando viu o pândano enorme que tenho:

"Isso é uma planta? Dá flores?", quis saber.

Suspirei. Expliquei que é uma escultural, que a graça dela estava nas folhas e nas raízes aéreas. Que tinha plantado no dia de aniversário de 10 anos do meu filho Pedro. Me conformei. Quem não é iniciado tem mesmo muita dificuldade em entender as plantas. Também o desconhecimento precisa ser respeitado. Assim como nada entendo de música e Henry animou nosso encontro com os belíssimos tons de suas músicas acompanhadas por acordes do seu violão.

Sonho
Mas os meus olhos vão se abrir
Sou uma velha canção
Que ainda fala em perdão
Meu amor
Só passei pra ver se parti
Pra saber se meu coração
Ainda está por aqui

O prazer da música, o prazer das plantas. Se o gosto pelas plantas começa pelas flores e pelas plantas diferentes, acho que o ponto alto da cultura jardinista é se emocionar ao ver uma composição baseada em diferentes tons de verdes e de texturas das folhas. Como em qualquer arte, é o conhecimento que aumenta o prazer e a emoção diante de um trabalho bem feito. Na jardinagem ou na música.

VENTO, O SEMEADOR INVISÍVEL

Passeio com minha filha Laura pelas ruas do nosso condomínio. Estou com o olhar perdido no movimento que o vento faz na copa das árvores. Num impulso, digo a ela:

— Vou escrever sobre o vento.

Laura, com seus vivos olhos castanhos de adolescente, para, me olha e diz:

— Pai, dessa vez você vai querer falar sobre o invisível?

Uma lufada nos surpreende. Borboletas parecem se sustentar no nada com seu voo desajeitado e colorido.

Lembro-me do meu tempo de repórter de jornal. Houve uma ventania na cidade e chegou ao setor de fotografia uma ordem curta e objetiva para fotografar o vento. Virou piada entre os fotógrafos, que chamavam o editor de cretino. Impossível fotografar o vento, brincavam.

Vento não devia ser masculino, deixo o pensamento voar. O vento é mulher. É bailarina que se diverte com todas as folhas, com todos os seres. Faz coreografias incríveis com os ipês e as sibipirunas. Dançando, leva as sementes pelos ares e vai jogando-as caprichosamente para que umas nasçam e outras não. É ele que dá o sustento às prodigiosas asas dos beija-flores para percorrer marianinhas, brincos-de-princesas e russélias. É o vento que leva os perfumes da dama-da-noite, do jasmim-do-cabo e da alfazema que inebria os enamorados. É o vento bailarino que vem do fundo da alma em palavras sussurradas que arrepiam a amada. Foi o vento atrevido que levantou o vestido da Marilyn Monroe naquela foto inesquecível.

Esse mesmo vento feminino, manso e sedutor, às vezes se transforma em um monstro. As palmeiras não confiam nos ventos. Acostumadas a morar à beira-mar, elas já têm as folhas pinadas, partidas, com tronco roliço e flexível. Quando o vento resolve fazer suas loucas danças em madrugadas de forte tempestades, já estão prevenidas. Mas estes são outros ventos. Gosto da brisa, que vem calma e quente no final da tarde.

Os gregos tinham até um deus do vento, Zéfiro, que se enamorou de Jacinto que, por sua vez, escolheu corresponder o amor de Apolo. Doido de ciúmes, Zéfiro surpreendeu os amantes praticando aremesso de disco e, com uma rajada, desviou um lançamento de Apolo, acertando e matando Jacinto. Como Apolo não conseguiu rescuscitar seu amado, transformou-o em uma planta — o jacinto.

Dizem os especialistas que o movimento do vento é apenas uma questão de alta e baixa pressão. Onde a pressão estiver mais baixa, é para lá que ele vai. Também dizem que é a diferença entre o calor dos trópicos e o frio dos polos que faz os ventos passearem por todo o planeta.

É certo que a vida só existe devido a essa incrível mistura de gases a que chamamos de vento. Retire o ar e todas as plantas, todos os bichos e todos os seres humanos desaparecerão quase instantaneamente. Aliás, todos estamos cansados de saber que são as plantas que purificam o ar que respiramos.

Acho que dá para ir ainda mais longe. Acreditamos tão facilmente na imaterialidade de Deus porque respiramos este ar invisível. É como se um pouquinho do infinito entrasse narinas adentro, alimentando a alma.

Perdido nos meus pensamentos, escuto uma voz, ao longe:

— Pai, você vai mesmo escrever sobre o vento?

Penso um segundo, depois respondo:

— Talvez, minha filha. Acho que vou dizer que o vento é o espírito que vagueia semeando vida pelo nosso planeta.

SER IGUAL
É PARA AS FRACAS

A *Sarcodes sanguinea* é uma planta totalmente diferente de todas as outras. Talvez não possa sequer ser classificada como planta, já que é praticamente apenas uma flor. Ela é uma parasita que se alimenta dos fungos que vivem nas raízes das coníferas que existem nas montanhas da Califórnia, EUA.

É chamada de flor da neve (*snow flowers*), embora surja logo após a neve derreter. Pouco se sabe sobre ela, inclusive o porquê do vermelho intenso, e uma das hipóteses de sua alimentação diferenciada é que os fungos processam os açúcares das raízes das coníferas, para então servirem de alimento à flor da neve. Além de mostrar que não há limites para a diversidade de formas de vida, a sarcodes ainda é bonita, muito bonita.

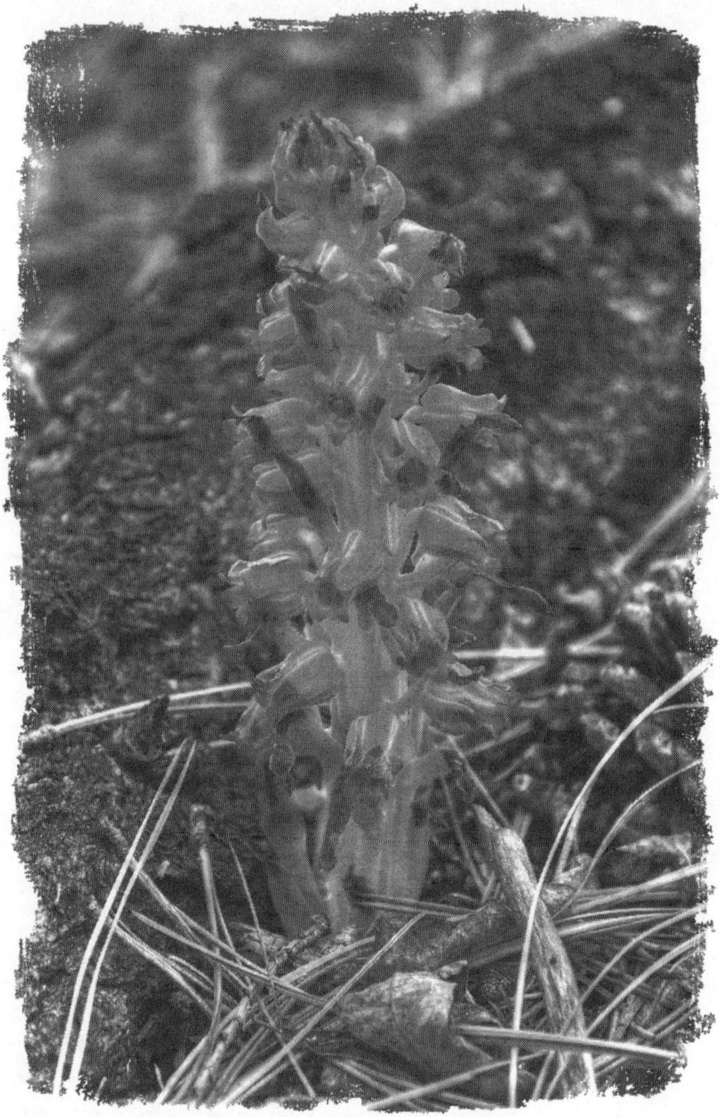

A PLANTA QUE QUERIA DOMINAR O MUNDO

O Trigo era a mais ambiciosa de todas as plantas daquela região do crescente fértil, lá entre o rio Tigre e o Eufrates. Queria dominar o mundo. A Cevada, mais modesta, tentava tirar essa ideia na qual vinha insistindo a planta dos grãos dourados:

— Dominar o mundo? Mas isso não é um pouco demais para um vegetal? Ainda mais para um capim, uma relés gramínea como você.

— Ah, Cevada. Deixe de ser idiota. Este mundo está só começando. Este planetinha ainda vai dar muito o que falar. Você já reparou naquele bicho estranho que tem andado por aqui?

Não, a Cevada até então não tinha notado o tal do *Homo sapiens*, um bicho cabeçudo e de poucos pelos, que jamais estava sozinho. Andava sem parar em bandos cada vez maiores. E como comiam! Por onde passavam, nada sobrava, nem animais, nem plantas. Devoravam tudo o que encontravam. Ainda sabiam usar o fogo, o que permitia amolecer até os alimentos mais duros, inclusive os próprios grãos do trigo e da cevada.

Ninguém festejava ano-novo nessa época. Também, ainda era o ano zero da espécie humana. Algo em torno de dez mil anos antes que Cristo nascesse. Era uma época bonita, muito bonita. Acabava o pleistoceno, a chamada Era do Gelo, para começar o holoceno, época quente que prometia ser a mais estável do planeta em muitas centenas de milhares de anos.

A prova tinha sido difícil. O longo inverno havia acabado com os mamutes, os cervos gigantes, os leões-das-cavernas e tantos outros animais que disputavam a pouca comida com os humanos. Mas agora, o solo, que por tanto tempo tinha ficado coberto pela neve, verdejava de novas espécies, entre elas, uns capins ralos, o trigo e a cevada.

— E qual vai ser o seu truque para atrair a atenção do bicho esquisito? — quis saber a Cevada.

— Vou dar o que ele mais gosta: comida. De vez em quando, ele vem aqui e arranca uns cachos da gente. Leva lá para a caverna dele e vai largando grãos pelo caminho. Logo vai perceber que onde cai a semente, nasce um nova planta.

— É, faz sentido — concordou a Cevada. — Mas daí a dominar o mundo, vai chão.

O Trigo balançou um pouco seu pendão e resolveu revelar mais uma parte do plano:

— É nessa parte que vou precisar de sua ajuda. O bicho cabeçudo gosta de umas coisas estranhas. Se você me ajudar, juntos, podemos dar a ele uma variedade enorme de comidas, até um pão líquido regenerativo.

— Ih, já está viajando, né, Trigo? Não sei por que perco meu tempo com você.

— Viajando nada. Já sei até como eles vão chamar. Vão dar ao pão líquido regenerativo o apelido de cerveja e vamos fazer parte da história desse bicho despelado.

— Grãos para beber, você tem cada ideia...

Lá ficou o Trigo, todo oferecido, nas manhãs radiantes do princípio da humanidade. Aos poucos, o bicho cabeçudo percebeu que as sementes nasciam perto de suas cavernas, até que fez um buraco na terra e colocou uma semente. Em breve, ali estava um novo pé de trigo. Fez então vários buracos e colocou em cada um deles algumas sementes. Estava criada a agricultura. Só tinha um porém: era preciso esperar a planta crescer e dar cachos. Pela primeira vez, o animal caçador/coletor tinha razões para ficar em um mesmo lugar.

Já que tinha de esperar, fez uma casa. Feita a colheita, havia grãos de sobra. Logo o cabeçudo percebeu que dava para dividi-los com os animais que se sujeitavam a ficar dentro de cercas. Os animais trocavam sua liberdade por comida. Uns davam leite e ovos, outros, a própria vida em troca do conforto.

Pela primeira vez na história, o homem não precisava mais passar seus dias em busca de comida. Tinha pão, tinha carne, tinha cerveja. Havia domesticado plantas e animais. Podia finalmente se dedicar a cultivar as coisas do espírito.

Ele então olhou o céu, as estrelas, o milagre do trigo e da cevada que crescia em seu quintal e viu que havia mágica em tudo isso. Tinha medo que de repente tudo se acabasse. Tempestades, enchentes, fogo e tantos outros perigos diziam a ele que devia ser cauteloso com as forças transcendentais da natureza.

Fez, então, um altar e pediu com toda a fé a proteção dos céus. Para enfeitar seu altar, começou a cultivar flores. Alimentava agora o espírito.

A Cevada mal podia crer como o plano do trigo começava a dar certo.

— Você ainda não viu nada... — contava vantagem o Trigo.

O bicho sem pelos aprendeu a trabalhar com os metais para poder cavar melhor a terra onde plantar suas sementes. Logo passou a usar animais para puxar o arado. Os campos aumentavam, o homem percebia que o adubo tornava as plantas cada vez melhores.

O tempo passou.

Hoje, máquinas poderosas preparam campos enormes em todo o planeta para a plantação do trigo. A espécie humana não vive mais sem ele. De vez em quando, o Trigo ainda relembra o caso com a Cevada:

— Eu não disse? Aqui já está dominado. Quando as naves partirem para colonizar outros planetas, pode ter certeza de que eu estarei nela.

A AVENTURA DE VIVER O NOVO

Aquilo nunca tinha me acontecido antes: passar 15 dias viajando pelo deserto do Saara. Logo eu que gosto tanto de plantas. Como jamais havia visto um deserto de perto, achei que só encontraria arcia. Como areia é algo que tem na praia, juntei mentalmente um monte de praias, retirei o mar e estava pronto o meu deserto. Que engano...

No quinto dia da viagem, meu cérebro se recusava a aceitar o que meus olhos viam: cascalho, cascalho feio, nenhum morrinho, nenhum vale, só cascalho, para qualquer lado que eu olhasse. Onde estariam as belas dunas do meu deserto imaginário? Só no décimo dia da viagem elas apareceram. Para meu enorme alívio, finalmente imaginação e realidade se encontravam.

Escolhi essa história para falar um pouco sobre o novo. Todos dizemos adorar novidades. Porém, a novidade tem de ser bem dosada. Se for totalmente nova — como conhecer um deserto — poderá gerar confusão mental e angústia. Se for apenas um detalhe, como no dia que a mulher da gente apara as pontas dos cabelos, há o risco de sequer ser percebida.

Novidade boa é aquela que surpreende num contexto já conhecido. A enorme orquídea falenópsis numa versão supermíni, uma fabulosa flor de hibisco num vasinho de dois palmos de altura ou, ainda, um amarílis multicolorido jamais visto enfeitando o jardim.

O fato é que todos nós precisamos de alguma novidade a cada dia da vida. Cultivar novas plantas, conhecer novas pessoas, comer comidas diferentes, andar por caminhos nunca trilhados... viver algum tipo de aventura. Eu preciso. Acho que a maior das aventuras é viajar pelo tempo a cada novo dia, a cada nova primavera, pondo novos cabelos brancos na cabeça e, às vezes, algum juízo nas minhas ideias para não me enfiar mais por desertos desconhecidos à procura de pirâmides.

Para sentir a emoção de estar vivo, renovar todas as esperanças, basta uma orquídea. Como diz o escritor Joseph Campbell, o sabor do oceano se manifesta em uma gota.

As pitangueiras da Avenida Paulista

Elas estão lá. Constato que quase ninguém sabe que na Avenida Paulista tem pitangas. A Avenida Paulista, aquela mesma das manifestações políticas, da parada gay, do Masp, dos espigões com escritórios que movimentam boa parte do dinheiro do Brasil. Isso mesmo, a mais famosa avenida de São Paulo, uma das mais populosas cidades do mundo, tem prosaicas pitangueiras.

Para ser mais exato, três pés em seus 2.500 metros de extensão. Sei porque contei. Mais que isso, comi pitangas das três pitangueiras que crescem e frutificam, indiferentes, apesar de toda a poluição, de todo o trânsito, de todas as paixões e dramas humanos que passeiam por ali. Elas têm um pedaço de terra, têm chuva, têm sol, parecem levar uma vida feliz de pitangueiras.

Sim, existem outras plantas. Não muitas, mas eu quero falar das pitangueiras. Uma delas fica quase em frente à Gazeta (nº 960). Ali funcionam cursinho e faculdade. As escadarias ficam repletas de jovens. Só sabem de frutas — quando sabem — das que são vendidas em supermercados. Pitanga, não conhecem. É fruta delicada demais para ser vendida na feira. Como é da idade, os moços só têm olhos para as moças e vice-versa. As pitangas ficam lá, sobrando.

Outra pitangueira fica em frente à Casa das Rosas (nº 16). Não conhece? É um casarão lindo do tempo dos barões do café. Ele foi tombado pelo patrimônio histórico e hoje é muito visitado por poetas, literatos e todo tipo de gente romântica. Mas nenhum dos poetas visitantes degusta as pitangas vermelhinhas. Não devem associar o fruto à infância nem experimentaram rimar pitanga com manga, com samba, charanga ou zanga.

A terceira fica em frente ao Citibank (nº 1.079), ícone do capital internacional. Essa, se depender de seus vizinhos gringos, pode jogar todas as pitangas no chão. Pitangas não são populares nos Estados Unidos, tampouco na Europa. A não ser na Ilha da Madeira, para onde foram levadas e gostaram do solo e do clima.

As três ficam lindas, carregadinhas de frutos na metade de outubro. Vermelhos, suculentos, tentadores. Fiquei parado por lá, vendo se alguém se interessava por elas. Não, ninguém. Mas, sempre que falo em pitanga, alguém tem uma história para contar, cheia de lembranças e momentos que valem a pena serem recordados.

Nunca imaginei que uma arvoreta modesta, pequena até, pudesse despertar tanta paixão. Talvez pela cor do seu fruto, talvez pelo cheiro, não sei bem. Só sei que no anonimato que só existe nas multidões, na plural Paulista de todos os sexos, de todas as posições políticas, crescem as nativas e discretas pitangueiras. Curioso que no pedaço mais moderno, politizado e globalizado do Brasil, três pitangueiras lembrem dos quintais do interior que moram no fundo da alma da gente.

A ÁRVORE QUE PERFUMOU A MULHER

Dance, menina, dance o charleston, agite o vestido curto de cintura baixa e muitas franjas. Dance, menina, você vive em Paris nesses anos 1920. Vive na euforia, pois a Primeira Guerra Mundial já acabou e a grande depressão ainda não chegou.

Espalhe seu perfume, menina, deixe que seu Chanel nº 5 enfeitice a todos. Balance o colar de cristal, ondule as plumas e os leques. Dance, cruze as mãos e descruze sobre os joelhos cobertos pelas meias de seda.

Deixe as gotas da fragrância com cheiro de mulher tomar conta do salão. Não se importe com as árvores de pau-rosa que são abatidas na amazônia brasileira para extrair linalol, óleo essencial sem o qual o Chanel nº 5 não pode ser feito.

Dance, menina, levante as pernas, agite as mãos. Ainda falta muito para chegar 1952 e Marilyn Monroe declarar à revista *Life* que, para dormir, usa apenas cinco gotas de Chanel nº 5. Você não tem como saber que mais de dois milhões de árvores *Aniba rosaeodora* ainda serão abatidas, nem de sua linda florada roxa, tampouco de como é retalhada inteira, moída e destilada.

Exiba seus cabelos curtíssimos, à *garçonne*, menina, mas não pare de dançar. Nunca mais haverá anos como os 1920 — um brinde, com champanhe —, nem um perfume que quase levou uma espécie de árvore à extinção. Vamos, menina, dance o charleston, dance, espalhe o seu perfume. O foxtrote já vai começar.

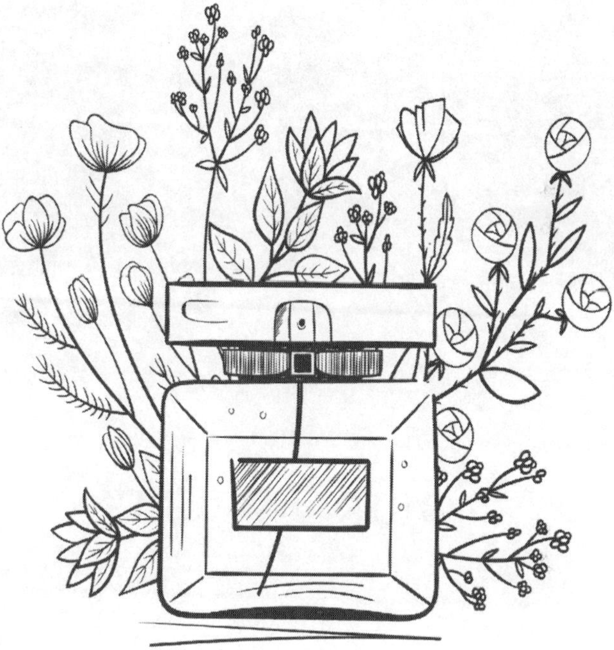

Florir e sorrir

A flor revela o segredo da planta. É quase um sorriso. Não desses comuns, de ser humano, cheio de dentes. É a ponta colorida que desvenda a alma da planta. Sim, as plantas têm alma, têm essência, têm um mundo de vida todo próprio que, subitamente, está resumido em uma flor cheia de personalidade.

Algumas são escandalosas. Um ipê parece gargalhar por todos os galhos, livre das folhas, celebrando o esplendor colorido de ser tropical.

O hibisco-colibri é tímido, apenas esboça sua alegria com sua flor torneada em vermelho.

A orquídea nem parece ser planta. É uma refinada obra de arte que a gente põe na sala e não se cansa de olhar.

A dama-da-noite é dissimulada. Flores diminutas, amareladas, mas têm o hálito mais perfumado de toda a natureza, para falar direto à imaginação da gente.

Em todas, as bocas coloridas de vermelho, amarelos, azuis ou brancos estão lá oferecendo suas entranhas aos olhares e toques de insetos, bichos ou gente. Elas querem ser cheiradas, tocadas e ansiosas esperam o delicado bico do beija-flor.

Umas estão sempre prontas, sempre disponíveis. Outras ficam carrancudas por longos períodos e só vez ou outra revelam os vermelhos que escondem na seiva que alimenta os galhos e as folhas. Cada uma com seu truque, cada uma com seu tempo. São rosas femininas, hormonais.

Mais do que bela, mais do que perfumada, uma flor não fala só de botânica. Em seu silêncio, declama poesias que proclamam a vida e a beleza de existir. Por isso, quando vir uma flor, sorria de volta seu melhor sorriso humano cheio de dentes.

MOTIVOS

Se pensar bem, uma planta não tem motivo para florir. O sol nem sempre está do seu agrado, a chuva por vezes não aparece na hora da sede e a terra empedra dificultando o trabalho das raízes. Ainda bem que plantas não pensam, apenas florescem na hora de florescer.

Se pensar bem, uma pessoa não tem motivos para sorrir. O sol nem sempre está do seu agrado, a chuva surge nas horas mais impróprias e as pessoas atrapalham a busca do seu objetivo de vida. Ainda bem que as pessoas pensam, relevam as dificuldades e sorriem mesmo assim.

Se pensar bem, uma frutífera não tem motivos para frutificar. Perderá muitos dos seus frutos para os fungos e as doenças, alguns cairão ainda verdes, enquanto outros apodrecerão maduros demais. Ainda assim, as frutíferas exporão suas tangerinas, figos ou bananas para quem passar.

Se pensar bem, uma pessoa não tem motivo algum para amar. Prenderá seus pensamentos, se tornará um guerreiro na busca das palavras certas que só encantem para que a pessoa amada jamais se afaste. Ainda assim, o homem e a mulher se apaixonarão, perdidamente, por toda a vida.

Se pensar bem, uma planta vai ter paixão pelo seu jardineiro. Ele vai colocar anteparos para ajeitar o sol, vai molhar para que ela nunca tenha sede, vai afofar a terra para suas raízes. Ainda bem que as plantas e seus jardineiros vivem uma mútua paixão repleta de encantamentos.

Deve ser por isso que as plantas florescem e os jardineiros sorriem.

Jardins da Vitória

Gostava daquelas tardes. Longas, quentes, modorrentas, que pareciam nunca mais acabar. Depois do almoço, eu ficava riscando a areia do quintal com o dedo. Fazia soldadinhos, desmanchava; imaginava um avião, desenhava, desmanchava; ouvia na imaginação uma bomba explodindo e fazia voar areia por todos os lados. Se os dedos inquietos reviravam a areia sem propósito, os ouvidos estavam sempre atentos.

Não era todo dia. Só às vezes, no meio do barulho das panelas de alumínio sistematicamente areadas até brilharem como espelhos, muito antes de inventarem o teflon preto e sem graça, só de vez em quando o grito de minha mãe ribombava pelo quintal, chamando para o banho, avisando que a gente ia para a casa da tia Martha.

Era uma correria só para ver quem chegava primeiro ao banheiro. Minhas irmãs ou eu. Martha era a nossa tia inglesa, elegante e diferente, casada com Honório, o irmão da minha mãe. Tio Honório era músico, jazzista. Foi numa viagem a Londres que ele conheceu aquela inglesa morena, de cabelos cacheados e olhos verdes. No show dele, Martha ficou na primeira mesa para ouvir o swing do saxofonista que vinha lá do Brasil. Um pouco de alívio naquele ano de 1946, com a guerra recém-acabada e a dura realidade de um mundo inteiro a ser reconstruído. A música podia ajudar, e muito.

Naquela noite, ele tocou só para ela. Ela não ouviu a bateria, nem o piano, tampouco deu atenção ao contrabaixo, só tinha ouvidos para o sax do tio Honório. Depois do show, ela foi elogiar o desempenho. Ele se desmanchou nos olhos verdes dela e bem, com a urgência que a guerra tinha colocado na cabeça das pessoas, tio Honório, cujo grande sonho era apenas fazer um show em Londres, fez muito mais que isso: voltou para a nossa pequena Birigui casado com uma inglesa. Eu sabia tudo isso porque era um menino muito curioso e ficava prestando atenção na conversa dela com a minha mãe.

Tia Martha tinha um jardim diferente de todos os outros. Nesse tempo, lá pela década de 60, a moda nos jardins era muita rosa, antúrios, algumas dálias e lírios brancos nas sombras. No jardim dela, além de flores, saíam gordas batatas, belas cenouras, cebolas perfumadas.

Nessa tarde, quando chegamos, tia Martha estava no jardim. Suava. Estava linda com seu chapéu, avental grande, sorriso aberto. Tinha um português esquisito, mas a gente entendia. Olhou a cebola recém-colhida e falou da guerra, um assunto que normalmente evitava. Falou dos submarinos de Hitler que cercavam a ilha da Inglaterra. Nenhum navio entrava mais para levar comida aos moradores. Sumiram todas as hortaliças. No sábado à noite, na igreja, quando tinha o bingo, o prêmio maior, o mais cobiçado, era uma cebola.

Eu gostava das histórias de guerra. Gostava mais ainda de um avião que era metade foguete chamado de X-15, feito metade pela Força Aérea Norte-americana, metade pela Nasa, que voava a estúpidos 7.274 km/h, um número que nunca esqueci e que até esse novo milênio não foi superado. Arrisquei perguntar para a tia Martha se ela gostava de aviões.

Ela falou que tinha horror. Para uma mocinha como ela, que no início daqueles anos de 1940 não tirava os olhos do céu, ou ficava dentro de um abrigo só ouvindo as bombas e esperando o momento de morrer, devia ser mesmo algo para nunca mais ser esquecido.

Não sei bem por que acordei hoje pensando na tia Martha. Tanto tempo depois. Ou melhor, sei sim. Foram uns cartazes que vi na internet sobre a campanha *Dig on for Victory* (cave para a vitória). Ninguém mais sabe que isso existiu um dia. Incentivados pelo governo de guerra, os ingleses assistiam a filmes que ensinavam técnicas de cultivo, pela televisão e no cinema.

Todo terreno baldio, toda praça, cada cantinho se tornou uma horta. Até os campos de futebol, pistas de corridas das escolas, qualquer espaço servia. Eram plantadas por mulheres, homens que não podiam guerrear ou crianças. Era a comida que crescia em cada canto da cidade. Algo tão importante que foi até criado o Ministério da Alimentação. O público se entusiasmava com transmissões de rádio, cartazes emblemáticos em estações de metrô, lojas e escritórios, e também com o dr. Carrot (dr. Cenoura) e o Potato Pete (Pedro Batata) e sua comida "de graça". Foi o que se chama hoje de sucesso de marketing.

Nos Estados Unidos, o nome da campanha era *Victory gardens* (jardins da vitória) ou *War gardens* (jardins de guerra). Chegou a motivar 20 milhões de norte-americanos durante a Segunda Guerra Mundial. Os jardins, feitos até na cobertura das casas, chegaram a produzir 40% de todos os vegetais consumidos nos Estados Unidos.

Foi a força das plantas e dos vegetais que alimentou e salvou vidas. Mesmo quando o mundo enlouqueceu em meio a guerras. Não por acaso, depois do final da guerra, com a produção de frutas e legumes de volta aos campos, muitas pessoas continuaram a cultivar flores e plantas ornamentais, um hábito que os ingleses, por exemplo, nunca mais perderam.

Tia Martha era um bom exemplo. Acho que o jardim dela era o mais bonito de toda a nossa Birigui daquela época. É, tia Martha, em tempos de fartura, a gente nem consegue imaginar que uma simples cebola pode ser o grande prêmio do bingo da igreja.

Mulheres Jardinistas

Se não fossem as mulheres,
não haveria jardins.
Se não houvesse flores,
a beleza não teria sido inventada

Foi só no sétimo dia
Depois de ter tudo criado
Dia e noite, terra e água
Bichos, plantas e homem
Só então Deus criou a mulher

Um mundo perfeito
Cheio de flores e encantos
Para emoldurar
a mais bela das criaturas

Roberto Araújo

Um jardim
de outro planeta

Se algum dia você quiser fazer um jardim que não pareça ser do planeta Terra, pense em Socotra. É lá, no Oceano Índico, entre o norte da África e a Península Arábica, que fica esse arquipélago de quatro ilhas, longe de tudo, rodeado de perigos por todos os lados, de piratas da Somália que sequestram navios às bases terroristas do Al-Qaeda no Iêmen, país do qual o arquipélago faz parte.

Se você, num gesto de extrema valentia, chegar a Socotra, vai encontrar talvez a mais espantosa biodiversidade do planeta. O isolamento da ilha (como Galápagos, Nova Caledônia ou Havaí) fez maravilhas pelas plantas. Biólogos do *Royal Botanic Garden* de Edimburgo encontraram lá 825 espécies de plantas endêmicas, ou seja, que não são encontradas em nenhum outro lugar da Terra.

Por exemplo, é claro que você conhece o pepino. Mas certamente nunca viu uma gigantesca árvore de pepinos. Pois ela existe. É a *Dendrosicyos socotranus*, com seu tronco enorme e uma pequena coroa de folhas e frutos. Da árvore-do-sangue-de-dragão (*Dracaena draco*) com sua seiva vermelha e todo tipo de mito, talvez você já tenha ouvido falar, mas a que cresce por lá é outra espécie, *Dracaena cinnabari*. Pois em Socotra existem verdadeiros bosques com centenas árvores-do-sangue-de-dragão gigantescas. Por toda parte

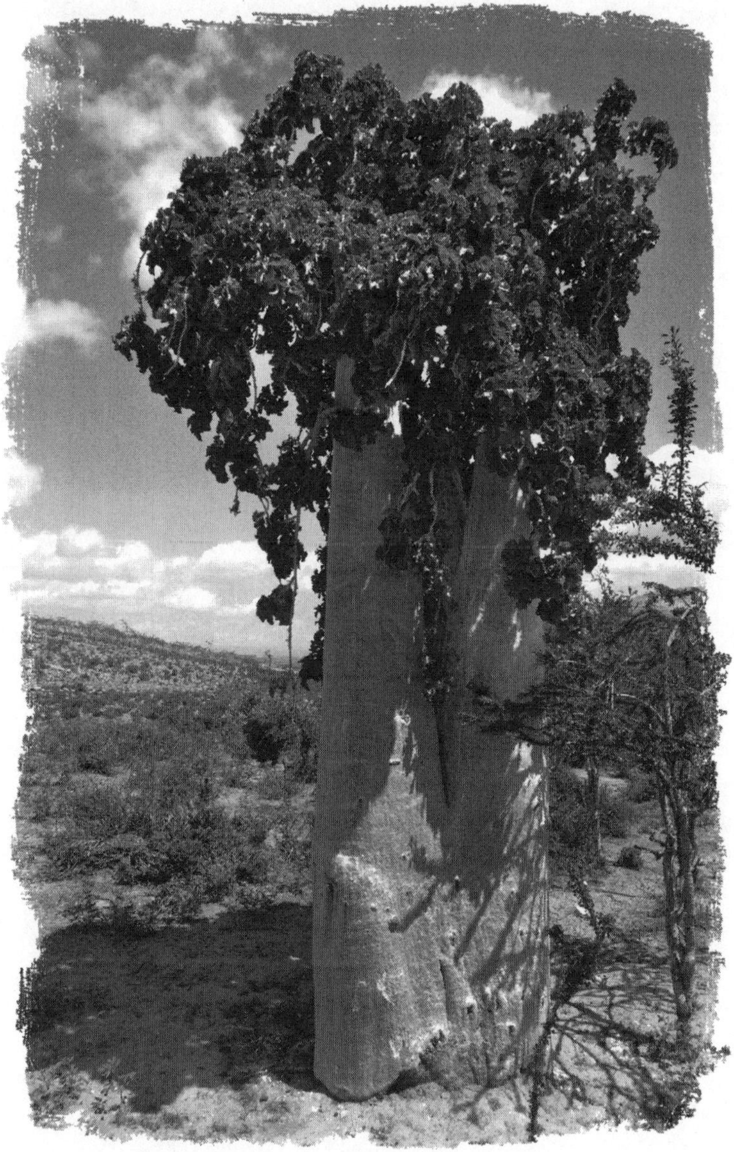

estão as árvores-garrafas (*Adenium obesum*). Fora as dezenas de espécies, muitas dependuradas nos despenhadeiros rochosos das montanhas da região. Além do isolamento, é preciso resistência para suportar o calor, a aridez e secura da ilha. Os bravos portugueses chegaram em 1507, mas logo desistiram. Em 1834, foi a vez dos destemidos ingleses que, rapidinho, em 1839, caíram fora. Um dos mais ilustres visitantes certamente foi São Tomé, um dos 12 apóstolos escolhidos por Jesus, que no ano 52 fez pregações por lá.

Só mesmo os nativos suportam o ambiente agressivo. Cerca de 50 mil na capital, também chamada Socotra, e que ganhou recentemente um aeroporto, e quem mora nas cerca de 600 aldeias, todas entendendo a terra como um bem comum e com disputas sendo resolvidas pelos anciões.

É a natureza a grande riqueza de Socotra. Para sobreviver, as plantas recolhem a umidade da névoa que vem à noite do mar e se condensa nas pedras. Cada gota é guardada nos troncos que se tornam gigantescos. Acima deles, surgem algumas flores, como dançarinas gordas num bailado muito louco coreografado por alienígenas.

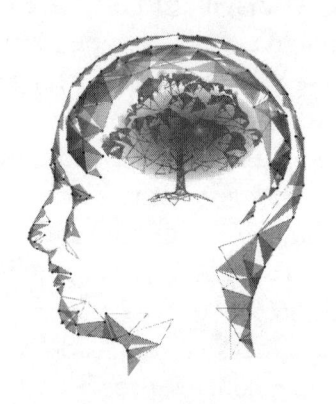

Seres inteligentes cultivam jardins

Jardins têm tudo a ver com inteligência. Não vou nem falar da sensibilidade artística na escolha e combinação de flores e folhagens. Quero comentar coisas aparentemente mais simples como, por exemplo, aparar um gramado.

Está lá você, o cortador de grama, e aquela área verde toda desarrumada. É preciso fazer um planejamento. Regular a altura da máquina, definir o traçado a ser feito para diminuir a fadiga e milhares de outras decisões que podem deixar o serviço mais fácil e mais bem feito.

Plantar uma árvore dá muito mais trabalho mental do que físico. E olha que fazer um berço demanda força nos braços. A imaginação abstrata e geométrica é a parte mais exigida. É preciso pensar até onde os galhos chegarão, se vão invadir o terreno do vizinho, atrapalhar a fiação, se as raízes não afetarão canos e alicerces... fora a alquimia de misturar ao substrato calcário, adubos ou compostos orgânicos. Se tiver alguma experiência, vai estar certo de que plantar uma árvore é um dos trabalhos mais arriscados, pelo altíssimo índice de erros.

Aliás, seres inteligentes revisam todo o tempo o que fazem para aprender com os próprios erros. E esta é uma parte das mais penosas. Mandei eliminar um lindo maciço de jasmim amarelo porque atrapalhava minha paisagem. Logo descobri que o canteiro que eu planejava para o local era inviável. O jeito foi refazer o maciço de jasmim. Que raiva!

É sentir-se mais inteligente que talvez faça da jardinagem uma atividade tão recompensante. Tem o gosto de um jogo, de montar estratégias que às vezes demoram anos para se realizar. Não importa, é preciso sonhar e ousar.

Ao final do dia de jardinagem não é apenas sua inteligência que está satisfeita. Seu corpo está com o cansaço prazeroso de quem trabalhou com alegria. Mas quem está de fato realizada é a sua alma, certa que faz parte da magia da vida, totalmente integrada à natureza.

LULU

Gritei com a autoridade dos meus seis anos: meu, aquele cachorro era meu. Não importava que meu pai Omar havia trazido o filhote para minha irmã Cidinha, como presente pelo aniversário de quatro anos. Nem olhei o caminhãozinho que era o presente reservado para mim. A Cidinha que ficasse com o caminhãozinho. O cachorrinho era meu. Ia se chamar Lulu, decretei.

Cidinha chorava. O que uma menina ia fazer com um caminhãozinho? Isso já não era mais problema meu. Abracei o Lulu e corri para a varanda, um já fazendo festa para o outro. Alisava o pelo dele e ele lambia o meu rosto. Se existe paixão à primeira vista entre menino e cachorro, tinha acabado de acontecer com a gente.

Desde esse dia, Lulu foi meu companheiro de todas as horas. A gente morava numa casa grande no interior, lá em Birigui, e nessa época, crianças e seus cães podiam brincar pela rua, andar de bicicleta, pega-pega. A gente só se separava na hora da escola, mas eu prometia contar tudo para ele na volta. Pegava a cartilha *Caminho Suave* e lia para o Lulu a lição do C que eu tinha de estudar, sílaba a sílaba: "O ca-chor-ro be-be da cui-a. A cui-a é de co-co". Ele virava a cabecinha peluda e eu achava que ia dar certo o meu plano: eu aprendia a ler e o Lulu aprendia a falar.

O tempo passava rápido. Os livros que eu lia para o Lulu se tornavam maiores. Matemática não era o forte dele, soma e subtração eu achava que ele entendia, mas divisão e multiplicação não entravam naquela cabeça peluda.

Quando comecei a me interessar pelas meninas, ele se tornou meu confidente. De amor, meu bichinho de estimação entendia. Quando a Helena não quis namorar comigo, ficamos os dois, vários dias, suspirando debaixo do pé de jabuticaba. Lulu escutava meus lamentos. Sofremos juntos, até que, finalmente, Helena aceitou. Não, Lulu, você não pode ir ao cinema com a gente, eu tive de explicar.

Foi um choque perceber que o Lulu tinha ficado velho. Minha mãe não deixava o meu bola de pelo entrar em casa de jeito nenhum. Foram bem raras. A última foi quando teve uma festa política na cidade, celebrada com muitos rojões, o que deixava o Lulu apavorado. Correu para o meu quarto e se escondeu debaixo da minha cama. Nesse dia, foi para o céu dos cachorros.

Ataque do coração, minha mãe explicou.

Nunca mais eu quis ter um cachorro. Convivi com alguns ao longo das décadas, mas nenhum era o "meu" cachorro. Agora, tantas décadas depois, Shirley, a minha mulher, desabafou:

— Eu queria tanto, nunca tive um cachorro.

Não era justo eu insistir em não ter um cachorro em casa. Privar minha mulher, meu filho Pedro e minha filha Laura da alegria e troca de afetos que um filhote provoca. Foi assim que o schnauzer Caetano entrou na nossa vida. Agora, quando chego em casa, Caetano vem com a bola na boca pedindo para brincar, vira a barriga para ganhar carinho, deita a cabecinha peluda nas minhas pernas para ver televisão. É lindinho, mas é da Shirley. Para mim, nunca mais haverá cachorro como o Lulu.

Tímidas e maravilhosas

Primeiro Alice cresce. Fica tão grande que chora e cria uma lagoa de lágrimas. Depois diminui e se torna tão pequena que quase morre afogada nas próprias lágrimas. Não é de hoje que a questão dos tamanhos faz pensar. Assim como em *Alice no País das*

Maravilhas, de Lewis Carroll, o mundo das orquídeas encanta também pela variação dos tamanhos.

O grande é sempre visto primeiro, claro. Não por acaso, os produtores colocam no mercado "florestas" inteiras de falenópsis, catleias e vandas com suas flores vistosas e multicoloridas. Servem para decoração de ambientes e, depois, sob a alegação de que seus compradores não sabem cuidar delas, são descartadas. Nada contra, a não ser uma dor no coração. Vez ou outra uma primeira orquídea dessas faz nascer uma paixão que fará brotar novos orquidófilos.

Já as tímidas mini ou micro-orquídeas precisam de outros olhos para serem vistas e apreciadas. Beiram a uma contraditória extravagância discreta de toda a natureza. Óbvio que os próprios orquidófilos têm opiniões diversas sobre as diferenças entra a mini e a micro-orquídea. Mas digamos que a miniorquídea tenha flor até 2 cm e a micro, menos de 1 cm de diâmetro.

É algo tão minúsculo que, numa reportagem sobre elas, o jardinista e fotógrafo Valério Romahn reclamou que alguns simples grãos de poeira atrapalhavam suas fotos, quase todas feitas com técnicas de macrofotografia.

São orquídeas legítimas, naturais, exatamente como suas irmãs "gigantes". Quem começa uma coleção se apaixona para sempre. Beleza ultracondensada em uns poucos milímetros que fazem a alegria de quem tem olhos (e lentes) para apreciar.

Temperos

Se fosse só pelo paladar, o mundo da gastronomia seria dividido entre doce, salgado, azedo e amargo. É isso que a língua percebe. Nada mais. Felizmente, existe o olfato para sentir os milhares de cheiros como o do manjericão, da cebola, do alho, das pimentas... que, combinados entre si, fazem surgir possibilidades infinitas e criam as delícias de qualquer refeição.

As ervas e os temperos são um desafio para qualquer chef. Eles, sempre cheios de personalidade, talvez só tenham uma opinião em comum: os temperos devem ser sempre frescos. Quanto menor o tempo entre a colheita da planta e o preparo do prato, mais o sabor será sentido e a refeição ficará mais gostosa.

Por isso, se você puder, cultive sempre os seus próprios temperos. Mais do que isso, use-os no jardim. Assim, além de prover o corpo com as melhores comidas, ainda vai alimentar o espírito com a beleza das ervas e dos temperos. Uma delícia, com certeza.

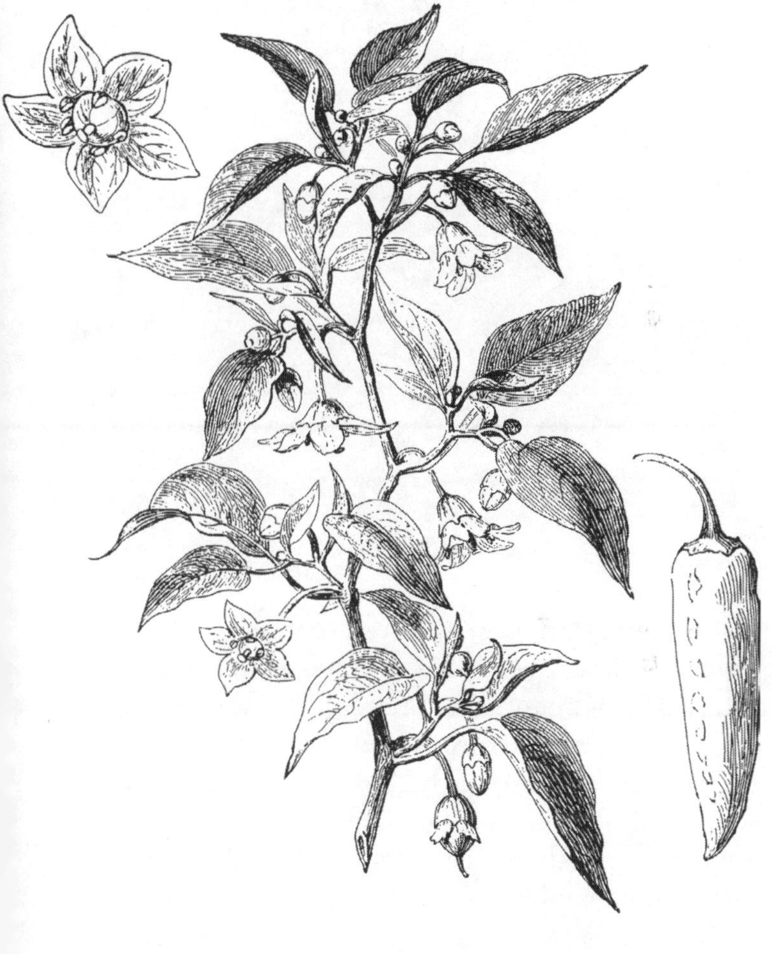

A EXPRESSÃO
DAS PLANTAS

Existem muitos motivos para se fazer um jardim. A beleza das plantas talvez não seja o principal deles. Acredito que ninguém, depois do seu jardim estar pronto (embora pronto mesmo ele não fique jamais), gaste horas e horas apreciando a beleza das flores. A gente olha, examina, se encanta e o ciclo daquele dia está completo. Logo começa a pensar no amanhã.

Talvez seja como acontece com a pessoa amada. No começo da paixão, você pode até passar um longo tempo contemplando aquela linda criatura. Logo, porém, ambos partem para fazer coisas juntos e a graça passa a ser a companhia, o estar lado a lado em passeios pelo próprio jardim, viagens, jantares e tantas outras coisas boas de se fazer com quem se gosta.

Tenho alguns bulbos de amarílis que cultivo há muito tempo próximo à piscina. Uma vez por ano, eles dão uma florada espetacular. São flores enormes, de um vermelho sangue impossível de se ficar indiferente. Olho, encanto-me, bato uma foto e pronto. Estou cheio de energia para cortar a grama, plantar, adubar, tirar mato, limpar... e fazer todas essas coisas que sujam o corpo, machucam as mãos, fazem transpirar. Mas ao final, quando a gente olha o gramado aparado, as folhas secas retiradas e o jardim todo "penteado", dá uma satisfação enorme.

Não é toda semana que vou à minha casa de campo. Vivo agora aquela fase de ter filhos adolescentes, que não consideram este o programa mais interessante do mundo. Essa fase passará, como tudo o mais. Porém, quando fico um final de semana no meio das minhas plantas, a disposição para o trabalho na segunda-feira é muito diferente. Não sei definir direito o que é, mas me sinto em um estado de graça só comparável ao bem-estar que comungar em um missa me dava quando eu era criança. Rio à toa, leve por dentro. As marcas nas mãos e a picada da formiga ou da abelha são pequenos troféus que dão orgulho a este jardinista.

Gosto disso. Meu motivo para ter um jardim é porque ele me ajuda a entender a vida, a diversidade de formas, cores, texturas e, talvez, o principal: a impermanência de todas as coisas. Como dizem os monges Zen, não cultivo um jardim, sou grato pela oportunidade de deixar que as plantas se expressem em um espaço que chamo de meu.

TÃO PERTO, TÃO DISTANTE

Sempre tive uma samambaia por perto. Na sala, na varanda, pendurada em árvores, plantada no chão, nunca me importei muito onde. Também nunca me perguntei por que. Pareceu-me desde sempre ser natural ter essas folhagens em casa. Elas dão vida ao ambiente, são extremamente fáceis de cuidar e ficam muito bem na decoração.

Foi então até com alguma surpresa que ouvi a Aida Lima, a exigente produtora da revista *Natureza*, dizer que as samambaias estavam com tudo, especialmente por dominar projetos e fazer sucesso nas paredes verdes que agora estão por toda parte. Mais que isso até, me garantiu, os profissionais reinventaram o uso das folhagens no paisagismo combinando diversos tipos de samambaia. A minha surpresa tinha uma razão de ser: eu tinha me esquecido das samambaias.

Talvez pela proximidade. Há uma tendência em não valorizar tudo aquilo que está muito perto de nós. Uma comparação é que raramente a gente fotografa a própria casa, o quarto onde dorme todas as noites, as pessoas que queremos bem fazendo coisas cotidianas. Fotos feitas numa viagem a Orlando, na Disney, por exemplo, são centenas. Agora, de marido e mulher fazendo o jantar juntos, pode ser que você não tenha nenhuma.

Depois da conversa com a Aida, fui olhar minhas próprias samambaias. Quem leu meu livro *O Poder do Jardim* deve se lembrar da história da Tereza, a folhagem amazônica que viveu décadas comigo. Agora tenho a Biloca, uma renda portuguesa enorme que ocupa quase todo o hall de entrada do meu apartamento. Não é toda planta que batizo, mas — Freud deve explicar — as samambaias não escapam de ganhar um nome.

Só agora notei. Não tenho nenhuma foto da Tereza. Talvez seja melhor fazer logo uma da Biloca.

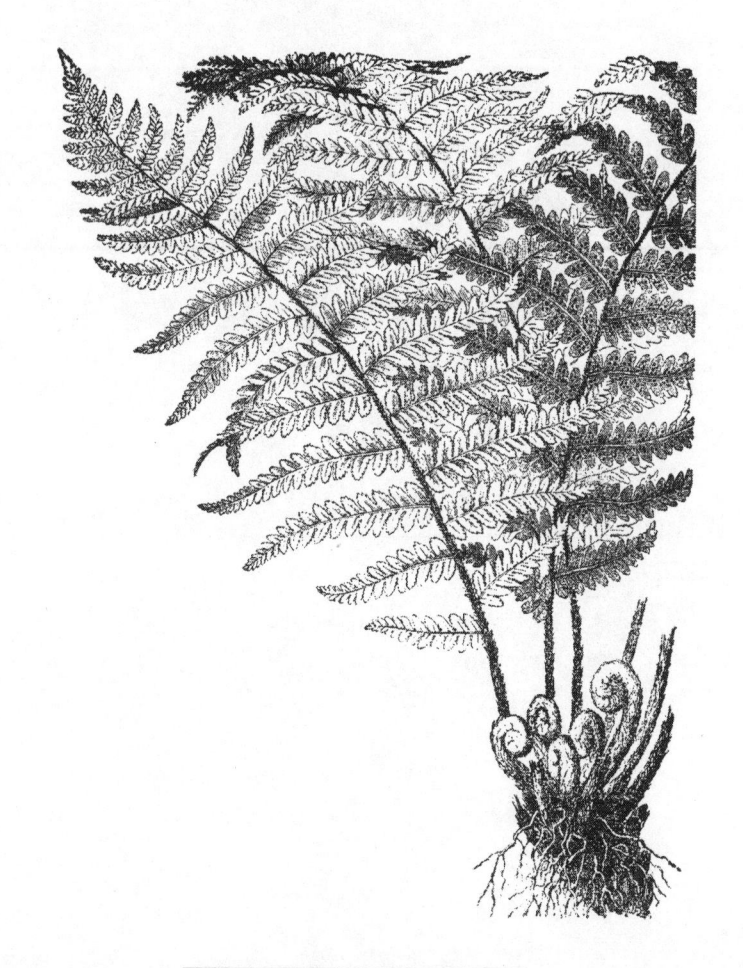

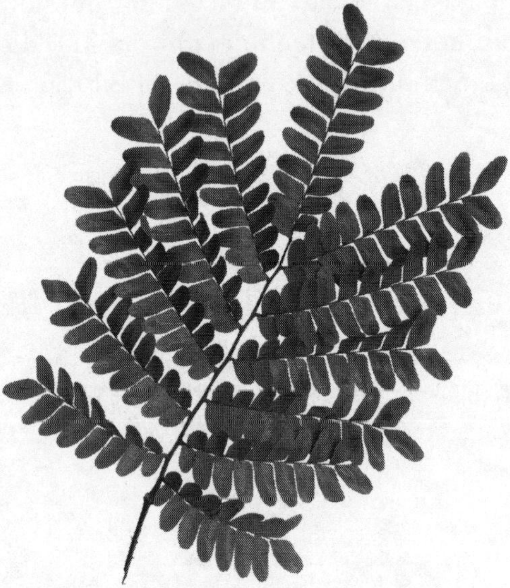

Pedido aos jardinistas

Se você é brasileiro, ou se gosta do nosso País, plante um pau-brasil. Ele já reinou nas florestas, a cor vermelha de sua carne já tingiu tecidos que rodaram o mundo. Hoje, pobrezinho, quase não existe nas matas e é raro nos jardins ou nas ruas.

Não pense em você. A *Caesalpinia equinata* é uma árvore linda, de flor amarela, mas de crescimento lento. Tenha paciência, faça para a próxima geração. Já pensou? Pelas suas mãos — pelas minhas, pela mãos de todos nós que amamos a natureza —, cada muda de pau-brasil que crescer poderá então honrar a pátria que batizou, direto do seu jardim.

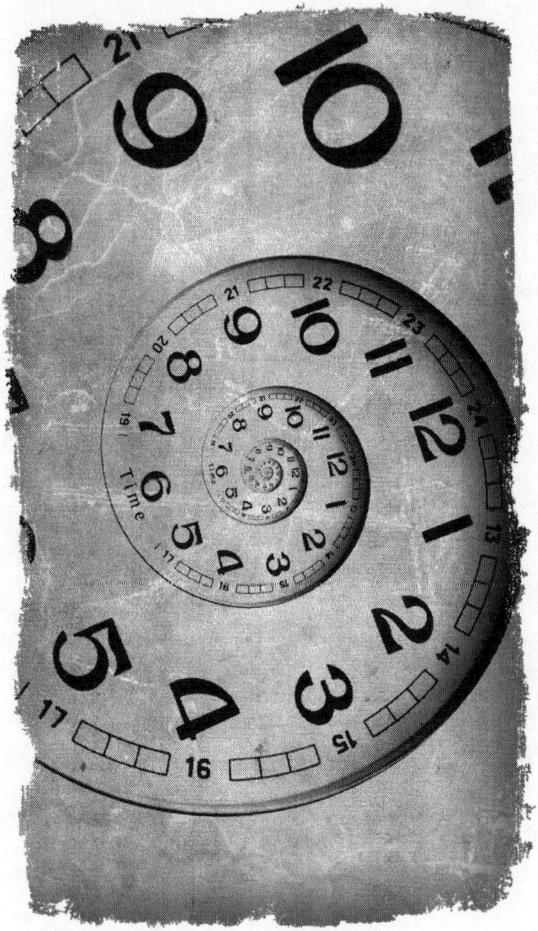
Time

Dois tempos

Não são só dois mundos, são dois tempos diferentes. Quando fico um final de semana em São Paulo, quando chega o domingo à noite, tudo o que fiz, de passear com o cachorro a jantar fora, parece que foi apenas um fugidio momento.

Quando, já na sexta-feira à noite, ponho a família (e o cachorro, claro) no carro para ir à casa de campo, parece-me que começo uma grande viagem. São apenas algumas dezenas de quilômetros, mas, no mesmo balanço de domingo à noite, quando me lembro de quando cuidei do jardim, dos filhos e amigos dos filhos na piscina, do churrasco, do jogo no campinho, das conversas regadas a um cálice de vinho, das risadas e até dos momentos que pude ficar sozinho sentado no banco do meu jardim, sinto que aproveitei meu final de semana. Cada momento foi bem vivido.

Ter uma casa de campo é poder fazer exatamente isso, viver em dois tempos, poder navegar de um mundo para o outro. O que para qualquer um é apenas um final de semana, para você serão longos dois dias repletos de descanso e diversão.

SONS NO JARDIM

Escute o canto do sabiá, ouça o bem-te-vi que parece falar, preste atenção no arrulhar da pomba. Quando chove é uma delícia ficar escutando os chuchurreios das gotas que despencam das folhas e se esborracham nas poças-d'água. Com um pouco de imaginação, dá para pensar que o vento, ao se infiltrar por um ipê, faz vibrar as folhas como palhetas de clarinetes e belisca ramos em acordes de violão. Todos esse sons naturais são lindos, mas não são músicas.

Quem diz isso não sou eu. É o grande maestro Igor Stravinski, em seu livro *Poética musical em 6 lições*, que garantia que todos esses sons tão agradáveis podem ser a matéria-prima que, na mão de um talentoso compositor, aí sim, se torna música.

O mesmo acontece com a beleza de uma orquídea, cheia de sutileza. Ou com a estonteante cor púrpura de uma glicínia quando balança ao vento, espalhando seu perfume. É incrível acompanhar a ponta de uma sete léguas que se infiltra pela treliça, pelo pergolado, borda varandas, arrebata o seu espírito. Mas não, ter várias plantas no seu jardim não quer dizer que você tenha um paisagismo.

É preciso pensar como jardinista, como paisagista. É preciso escolher, estudar, fazer composições. Como um maestro converte sons da natureza em partituras, você converte plantas, elementos e materiais em jardins. Tem de ajustar sol e sombra, texturas de folhas escuras com folhas claras, zonas de flores com trechos só de folhagens, contrastes para refletir uma ideia, gerar paz e equilíbrio em quem passeia por ele.

Você, não o maestro, mas o jardinista a reger sabiás e orquídeas, gotas-d'água despencando de cachos de perfumadas glicínias, os sons do vento passando por entre a copa de um ipê, as pontas da sete-léguas sempre em busca de um novo apoio. Você, no meio da paisagem que criou, conduz uma orquestra de vida e beleza que se apresenta todos os dias no seu jardim.

Viver de vento

As plantas epífitas jamais parasitam as plantas nas quais se apoiam. Elas se desenvolveram pela necessidade de buscar lugares mais altos do que o arriscado e escuro chão das florestas tropicais. Por isso, apenas se apoiam nos galhos e retiram seu alimento do ar ou dos resíduos que se acumulam nas cascas da árvore na qual se apoiam, nunca da seiva da árvore. São exemplos de epífitas fetos ou samambaias, cactáceas como a flor de maio, as bromélias ou as orquídeas.

Só mesmo as plantas, os mais inventivos seres vivos deste planeta, para provar que dá para ser feliz e saudável vivendo só de vento.

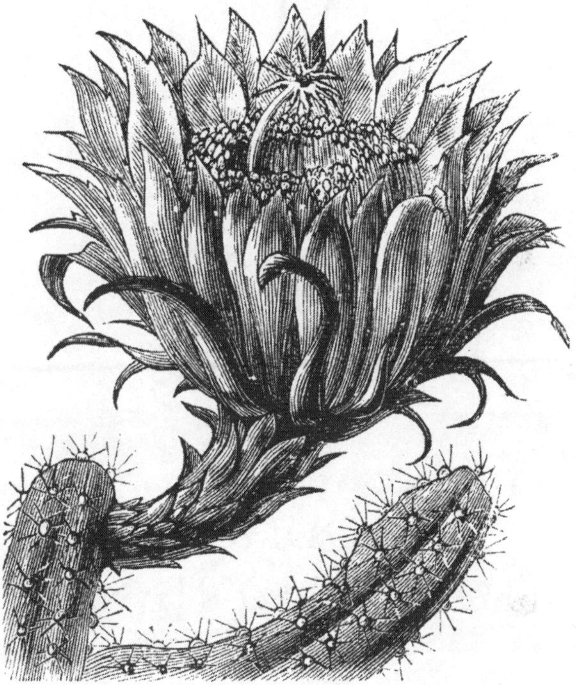

A PODEROSA
FLOR DA MONTANHA

Ela tem uma flor bonita, amarela e cresce nas montanhas frias da Europa e dos Estados Unidos. Quando os naturalistas rodavam pelo mundo, por volta de 1500, a *Arnica montana* já fazia parte dos poucos remédios que eles tinha à disposição para aliviar dores musculares, reduzir inflamações e ajudar na cicatrização de feridas.

Hoje, com todos os avanços da medicina, a arnica continua bem cotada. Tanto que o centro médico da Universidade de Maryland, nos EUA, afirma que ela pode ser usada em contusões, entorses, inflamação de picadas de insetos e até pode ser útil no tratamento de queimaduras, entre outras indicações. É um dos principais remédios da homeopatia, usada em doses extremamente diluídas, por ser tóxica quando ingerida sem essa precaução. Claro que uma universidade séria como a de Maryland recomenda sempre falar com o seu médico antes de qualquer uso.

Se ficou com vontade de cultivá-la no seu jardim, esqueça. Esse arbusto de 20 a 60 cm, de caule ereto, com flores hermafroditas, só gosta mesmo é de clima frio e montanhoso. Se você tiver um jardim, digamos, no Canadá, compre suas sementes e seja paciente: ela demora dois anos para germinar. Ainda assim, por ser tóxica, é controlada nos EUA e protegida na Europa para evitar exploração predatória.

Quem olha as belas flores amarelas da arnica, que lembram girassóis, não imagina a magnífica energia que mora em cada pétala.

Entre flores e folhagens

Jardins muito floridos, infelizmente, são raros no Brasil. Bastam dois minutos de conversa com qualquer paisagista para ficar sabendo a resposta. Quanto mais florido um jardim, mais é preciso se dedicar a ele.

Plantas floridas são ávidas por atenção. Tenho um beijo-pintado em um vaso na minha sala. Fui para a chácara num final de semana e, quando voltei, no domingo à noite, a planta estava totalmente murcha e caída por ter ficado dois dias sem água. Molhei. Em uma hora estava novamente bonita. Em canteiros muito floridos, para dar certo é preciso descobrir de quanta água cada planta precisa. Só assim ficam lindas. Plantas não florescem sem adubo. Aliás, até florescem. Mas para ficarem esplendorosas, só mesmo recebendo os nutrientes certos, na época certa e com a dosagem correta.

É nesse ponto que muitas vezes os paisagistas embasbacam, ficam sem respostas, quando recebem o pedido de fazer jardins floridos, mas que não deem trabalho. Ou uma coisa, ou outra, eles têm de explicar. Para não ter trabalho, o melhor é fazer um jardim com folhagens, texturas e volumes. Também ficam lindos.

A magia de um jardim acontece na ponta dos seus dedos. É o toque da mão na terra, da terra que germina a semente, da semente que vira muda, da muda que cria ramos, dos ramos onde nascem flores, das flores que geram frutos, dos frutos que atraem os pássaros, dos pássaros que levam o pensamento da gente bem alto, lá no céu. É a mágica feita com as mãos sujas de terra e que limpam a alma das inquietudes e aflições. Imagino que pode ser com flores ou com folhagens. Tanto faz. Multiplicar e cultivar vida sempre tem um toque divino.

Contrapontos

Na primavera não é só a planta ornamental que gosta de florir. O mato também quer exibir suas flores. Muitas das chamadas plantas silvestres são menos vistosas, mais acanhadas, porém com belas flores que enfeitam o cerrado ou os pampas. Acredito que houve um tempo em que não havia diferença na avaliação da beleza das plantas.

Todas eram chamadas de lindas quando o paraíso era ali na esquina. Só havia plantas abençoadas. A mangueira nunca crescia demais e as mangas maduras estavam sempre ao alcance da mão. A buganvília sequer tinha espinhos porque não havia do que se defender. Acredito até que, nessa época, todos os nenês dormiam a noite inteira sem nunca acordar as mães, e os cachorros não comiam os chinelos, nem bagunçavam a casa.

Depois, tudo mudou. O bem tem que ser dividido com o mal até no jardim. Um capim "estraga" a textura impecável do gramado. A lagarta "come" o jasmim para virar borboleta. A formiga "morde" a mão da gente na hora de cavar o berço para plantar um amarílis. A beleza passou a ser julgada, conquistada, suada.

Fiquei dividido, sem saber onde estavam a beleza e a feiúra da criação, devido ao ipê que fica próximo à minha casa de campo. É uma árvore frondosa que, em outubro, adora despejar todas as folhas na minha piscina, enfeiar canteiros e gramados. Não, não foi erro meu plantar o ipê perto da piscina. Quando comprei, já estava assim. Como xingar o ipê por ele querer exibir suas exuberantes flores cor-de-rosa?

É só prestar atenção que a natureza ensina a não se abalar com suas teimosias e determinações. Basta manter a calma que uma hora as folhas param de cair. Um pouco de cuidado e a piscina fica pronta para as brincadeiras e gritaria das crianças.

Tudo num jardim, num bosque, na floresta, no planeta, luta, literalmente, por seu lugar ao sol, sem opções a não ser brilhar ou desaparecer. É a luta do bem contra o bem, do forte contra o forte. Entender o ponto e o contraponto dos caprichos da natureza leva à sabedoria e facilita demais aproveitar a exuberância de vida que chega com a primavera.

Carta a um jovem jardinista

Tomara que aconteça com você em uma primavera. É a melhor estação para se apaixonar por jardins. A flor é apenas a parte mais visível dessa paixão. Talvez pelos exageros de vermelhos, de amarelos, de azuis que se combinam até o infinito diante de seus olhos, em qualquer cantinho.

A flor é a expressão da arte que mora em cada planta. É como ela se exibe para chamar a atenção, gerar desejos, aplacar fomes e sedes. A planta, quando gera uma flor, exibe sua alma repleta de cores. Fica, então, esperando, passiva. Não pode procurar, não pode andar, não pode gritar. Pode apenas escancarar seu mais íntimo, oferecida. Pode gerar fragrâncias inebriantes para seduzir o vento que espalha seus encantos a todos os quadrantes.

Mas saiba que uma planta não é só uma flor. Ela começa lá no fundo, escondida na pontinha da raiz que ninguém vê, mas que suga a energia da terra. Ela é a folha que digere a força cósmica que vem da nossa estrela, tão quente, tão próxima, tão vital. Ela é o caule que a tudo sustenta, que liga a escuridão à luz, e aos dois mundos contempla.

Tenha certeza de que você, atraído pela flor, logo entenderá toda a planta. Apaixonado, vai realizar todos seus desejos, aplacar sua sede, alimentar suas raízes e aguardar ansiosamente pelo dia que ela vai te agradecer tantos cuidados com uma singela flor. Vai então se lembrar dessa primeira primavera, aquela que com uma flor fez brotar em você um jardinista.

Uma velha amizade

Umas poucas folhinhas para fora da terra. Não mais que cinco centímetros de altura. Abaixo do solo, no entanto, a atividade é intensa. Só quando as raízes atingirem cerca de um metro e meio, depois de quatro anos, é que o cedro-do-líbano vai começar a crescer. E como. Se tornará a árvore majestosa que acompanha a humanidade há milhares de anos.

Só na bíblia é citado 75 vezes. É usado como exemplo por religiosos para falar da fé que pouco deve ser mostrada e, como as raízes do começo de sua vida, devem se aprofundar na alma do crente. Sua madeira já foi barco para os fenícios, palácio para o rei Salomão, sua resina já ajudou a mumificar faraós no Egito, foi usado por assírios, babilônicos, romanos e gregos. Hoje é destaque na bandeira do Líbano.

Seu nome científico não poderia ser outro, *Cedrus libani*, e é nativo das montanhas da região mediterrânea. Gosta de locais altos, acima de mil metros, tem folhas em forma de agulhas e sua copa tem andares, o que dá uma beleza toda especial à árvore adulta.

A pinha do cedro surge a partir dos 40 anos de vida da planta, pouco tempo se for considerado que ela vive centenas de anos. É uma árvore de clima temperado e existem poucos exemplares no Brasil.

Gosta de sol forte e não se importa muito com regimes de chuvas. Suas longas raízes, ao encontrar um pedra, envolvem-na, dando mais firmeza à planta. Raízes que continuam seu caminho até encontrar um lençol freático de onde passam a retirar a água de que precisam, mesmo em época de estiagem. Mais um motivo para profundas reflexões sobre a fé feita pelos religiosos.

Mais que uma árvore, um símbolo de amizade entre homens e plantas que já dura milênios.

O ENCANTO
DA PRIMEIRA VEZ

As primeiras vezes despertam, sempre, uma enorme fantasia. Misturam uma grande dose de curiosidade com um enorme medo de errar. Isso porque uma primeira vez implica, necessariamente, enfrentar o desconhecido, o novo, o território nunca conquistado.

A experiência tem um certo jeito maroto de ler pensamentos e adivinhar desejos. Já trilhou tantas vezes um mesmo caminho, já errou o suficiente para aprender a respeitar quem começa e até a se encantar com temores e receios. A combinação entre a curiosidade de quem pretende aprender com o respeito de quem tem a experiência pode gerar resultados fantásticos.

Fazer um jardim, por exemplo, é conquistar um novo mundo. Requer uma grande transformação interna que, ao final, permite à pessoa se intitular jardinista, com muito orgulho. Significa pegar um pedaço de terra, desorganizado e selvagem, e dar um sentido humano, feito para o prazer, a beleza e a qualidade de vida.

Mas é preciso técnica. Saber fazer o serviço dividido por passos, com as primeiras coisas vindo primeiro... uma obviedade que só se comprova depois de muitos erros, a maioria provocados pela ansiedade de ver o jardim pronto. Dos passos, um dos mais importantes é não desperdiçar o que já existe. Uma árvore demora vários anos para poder ser chamada de adulta. Uma motosserra liquida essa vida em poucos segundos. Sim, uma outra árvore adulta poderá ser transplantada, mas um erro já foi cometido e o custo aumentou.

Por isso, é preciso pensar tudo antes. Planejar o que se pretende fazer. É, aliás, um dos melhores momentos. Ficar parado, imaginando, construindo mentalmente o jardim dos seus sonhos, é muito legal. Deixe a fantasia correr e depois veja o seu sonho crescer debaixo de seus olhos e adquirir aquele jeito maroto de quem viveu e gostou da sua primeira vez.

Hummm, que delícia

Para que um viva, o outro precisa servir de alimento. Mesmo que seja necessário recorrer a traição. Quase todas as plantas são amigas dos insetos e dos animais. Oferecem o pólen, o néctar, a seiva... esperando em troca apenas a polinização. Com isso, os insetos, as aranhas, os anfíbios, os répteis ou as aves confiam nas plantas, pousam tranquilos em galhos e flores, se alimentam e seguem seu caminho.

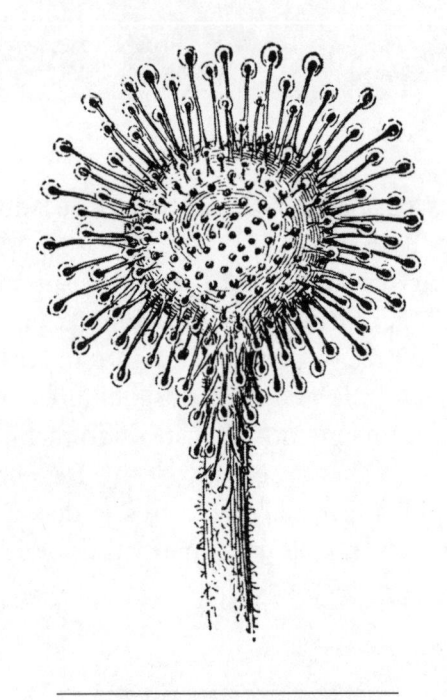

Mas não. A natureza não é assim tão boazinha. Um grupo de plantas precisava viver em locais de solo tão pobre, mas tão pobre, que não havia de onde tirar nutrientes. O jeito foi usar estratagemas, falsidades para sobreviver. Tornaram-se ainda mais atrativas aos insetos e aos animais, que, ao se encostarem acreditando ter encontrado uma refeição, caem em uma armadilha fatal. São as carnívoras, as plantas que revelam o lado cruel dos vegetais, as únicas que intencionalmente matam para comer. E se deliciam com isso.

Aprender a atrair os animais com cores, cheiros e sabores foi uma etapa. Outra, bem diferente, foi aprender a produzir enzimas para dissolver e digerir as pobres vítimas. Tudo por questões químicas: sem disponibilidade no solo, elas encontram componentes nitrogenados nos animais para poder fazer a fotossíntese e continuarem vivas.

A drósera recorre à estratégia de mostrar uma densa colônia de pelos vermelhos que parecem ter gotas de orvalho. Ledo engano. São glândulas mucilaginosas, uma espécie de cola. Encostou, já era. Quanto mais o inseto se mover, mais preso fica. Bingo, mais um almoço garantido.

Cada uma com seu estilo. Se algumas se movem fechando a armadilha, outras ficam paradonas, contando com a sorte. As sarracênias têm uma espécie de tubo com a borda labiada que libera um odor irresistível aos insetos. Quando eles são atraídos para a armadilha, não têm mais como sair.

Bem mais nojenta é a *Roridula gorgonias*. Essa nem se dá ao trabalho de digerir os insetos. Captura suas vítimas e deixa que um percevejo assassino se encarregue deles e coma suas entranhas. Para a rorídula bastam os excrementos do tal percevejo (eca!), que são absorvidos por glândulas da planta.

Na ficção sempre há espaço para alguma planta carnívora. Elas mexem com a imaginação. Existem nepentes de todos os tamanhos, das bem pequenininhas às enormes, capazes de se dedicar a pequenos anfíbios e até pássaros. Faz sentido, as grandes precisam mesmo de uma dieta reforçada.

Nem por isso uma *Nepenthes truncata* 'King of Heart', por exemplo, pode ser considerada um sucesso na natureza. Houve um momento que havia apenas sete exemplares conhecidos. Para tentar reverter o processo de extinção, mudas foram distribuídas por jardins botânicos de todo o mundo.

Não se tem notícia de plantas carnívoras que gostem de saborear um ser humano. Não são tão grandes assim, a não ser naquele filme da sessão da tarde. Se você puser seu dedo em uma papa-mosca, ela vai se fechar, mas você poderá retirá-lo facilmente. Talvez ela não goste do sabor. Já se for uma mosquinha... Que delícia!

O PINHEIRO QUE VIROU NAVIO

Ele era um bonsai. Não um bonsai qualquer, mas o favorito do Shogun Ashikaga, o chefe militar e grande patrono do templo budista Kinkakuji, em Kyoto, no Japão. Um bonsai podado e conduzido na forma de um navio a partir de um pinheiro-branco-japonês (*Pinus parviflora*), que o guerreiro queria que sobrevivesse. No seu leito de morte, pediu ao filho que plantasse a minúscula árvore no solo e deixasse o bonsai crescer, mas que mantivesse a forma que ele havia decidido.

Hoje, quase 700 anos depois, a árvore conhecida como "Rikushu-no-matsu" está no mesmo lugar escolhido pelo filho do Shogum, bela e saudável. Suportada por uma estrutura de bambu, os ramos mais baixos formam o casco e a proa do navio. O tronco é o mastro e cerca de 22 ramos laterais fazem as vezes de velas. Foram necessárias cuidadosas podas por centenas de anos para chegar a essa formato preciso, com seis metros de altura e nove metros de comprimento.

O pinheiro faz parte de um excelente jardim do período Muromachi, a era clássica dos jardins japoneses, e foi cultivado ao redor do templo Kinkakuji, ou *Golden Pavilion*, com folhados de ouro usados para recobrir as paredes dos dois andares superiores. Uma pequena lagoa funciona como espelho para refletir o templo e conferir ainda mais beleza ao local.

Há alguns anos, quando visitei esse templo, o que mais me impressionou foi uma rústica casinha ao fundo, na qual o Shogum Ashikaga participava da cerimônia do chá. A porta era excepcionalmente baixa. Também ele tinha de se curvar para entrar, uma maneira de o poderoso guerreiro cultivar a humildade.

A FOLHA
QUE PURIFICA

Para mim é um ritual. Escrevo todo mês a coluna Plantas do Mundo, da revista *Natureza*. O escrever, propriamente dito, é sempre a parte mais fácil. O difícil é escolher a planta. Converso com o Valério, pesquiso, falo sozinho e com o plátano que mora do lado da redação. Ele, o plátano, nunca me nega um bom conselho. Para complicar, preciso de uma foto bem bonita, o que dificulta muito o meu trabalho e consome vários horas de serviço até encontrar a certa.

Já tinha seguido todo esse procedimento — sem resultado — quando o plátano, meu velho conselheiro, sussurrou: Chááááá. Achei que podia ser só o vento em suas folhas. Na dúvida, quando encontrei o Valério, repeti o som: Chááááá. O Valério ficou me olhando com aquele ar de "esse Bigode cheira meia", como ele gosta de dizer quando acha que "viajo", mas logo abriu um sorriso e metralhou:

— *Camellia sinensis.*

O Valério fala assim, na lata, os nomes científicos. Qualquer um. Até vejo as letras deitadinhas nas palavras dele. Lá fui eu mergulhar nas informações dessa planta. Estudei por muito tempo e descobri informações que dariam um livro, tão ampla é a questão do chá. Escrevi o texto para a revista e, para ser sincero, fiquei muito revoltado por ter de sintetizar tudo em quatro parágrafos. Agora aqui, sem as limitações da revista, senti que posso escrever com mais calma, enquanto tomo um chá.

✣

São muitos os poderes das folhas. Desde sempre acalmam, agitam, curam, envenenam, temperam, viciam, perfumam, alimentam, agem sobre todos os sentidos, mexem com os nervos e as gorduras, com o cérebro e o sangue, com a pele e os cabelos. Podem ser mastigadas, prensadas, queimadas, lambidas, cheiradas, esfregadas e uma infinidade de verbos que elas conjugam e conjuram.

Mergulhadas em água quente são chamadas de chás. De todas as folhas que liberam suas propriedades quando em infusão, há uma certa camélia que conquistou o mundo. É da mesma família da *Camellia japonica*, cuja flor, sem perfume, foi símbolo do movimento de libertação dos escravos no Brasil e enfeitava a mesa da princesa Isabel e a capela onde ela rezava. A *Camellia japonica* daria uma crônica extraordinária, mas não é dela que quero falar.

Quero contar da folha que conquistou toda a humanidade. Da folha da *Camellia sinensis*, que impera, soberana, quando o assunto é o chá e suas propriedades. É dela que se faz o chá branco, o chá verde e o chá preto. É a bebida mais consumida no mundo, perdendo apenas para a insubstituível água.

Se aquelas folhas que, quando em infusão em água quente soltam vapores e aromas tão agradáveis pudessem falar, é provável que revelariam as mais incríveis histórias. Falariam dos mestres orientais do chá e de como a planta, quando cultivada em diferentes regiões, pode gerar características e propriedades tão distintas. Diriam que quem aprende a diferenciar a natureza de cada chá, aprende a diferenciar a natureza de cada pessoa.

Se você quiser um "drink da saúde", deve considerar o chá branco. Ele é feito com os brotos e as folhas tenras da *Camellia Sinensis*. Como elas têm coloração prateada, o chá foi batizado de branco. Uma bebida com extraordinária ação antioxidante, cheia de catequinas que ajudam a prevenir o câncer, doenças cardiovasculares e cerebrais degenerativas como Alzheimer e Parkinson. A lista de substâncias benéficas que ela contém é enorme, mas talvez uma das mais bacanas seja a L-teanina, um aminoácido que age no cérebro e proporciona uma agradável sensação de relaxamento e bem-estar. É por isso que o chá branco é chamado de chá bom humor.

O chá verde tem também muitas propriedades. Suas folhas são colhidas mais maduras e, no processamento, a oxidação delas é interrompida com o vapor d'água, antes da secagem. É o favorito da maioria da população mundial, preferido por oito em cada dez pessoas. Ele tem tudo de bom, mas talvez a característica que mais chama a atenção — especialmente das mulheres — é que favorece o emagrecimento devido ao estímulo recebido pelo composto bioativo, um tal de epigalocatequina galato (EGCG).

O chá preto é o preferido daqueles que precisam de lucidez e clareza de pensamento. São usadas as folhas mais velhas, submetidas à maior fermentação. Tem grande quantidade de cafeína, uma substância que diminui a fadiga, a sonolência e estimula o raciocínio. Todos os chás, inclusive o oolong (que fica entre o verde o preto), pouco conhecido no Brasil, têm propriedades semelhantes. O que varia é a proporção entre elas, conforme o tratamento dado pelos produtores.

Na hora de preparar, nem pense em ferver a água. Ela deve ser aquecida em torno de 76 a 85 °C para o chá branco e verde. Para o chá preto, deixe e água mais quente, entre 90 e 96 °C.

E o famoso chá inglês? O esnobe *English breakfast tea*, com suas gotinhas de leite ou de limão? Esse é um *blend*, uma mistura com diversos chás, uma maneira que os ingleses encontraram de ter um produto minimamente padronizado, já que as folhas do pé de camélia que cresce no alto das montanhas ficam com sabor muito diferente do daquela camélia que cresce nos vales protegidos dos ventos e do sol forte. Aliás, você já ouviu a música *English Tea*, do Paul McCartney? É linda.

Com tanta gente querendo chá, não havia como evitar que as folhas da *Camellia sinensis* ficassem longe da política. Só como exemplo, em 1773, os norte-americanos, em revolta contra os ingleses, lançaram ao mar toneladas de chá – todo o carregamento de três navios no porto de Boston –, ato que foi o estopim da Guerra da Independência dos Estados Unidos. Talvez tenha sido o chá salgado mais indigesto que os ingleses — que já na época não viviam sem seu chá das cinco — tiveram de tomar.

Metade do mundo chama o chá com sons parecidos

com o *cha* do cantonês falado na região de Canton, na China — em russo é *chay*, em persa, *chai*, em somáli, *shaah*. A outra metade prefere o *te* que vem de Amoy, um dialeto da província de Fujian — em inglês é *tea*, em dinamarquês, *te*, em checo, *thé*.

As cerimônias do chá na China e no Japão são as que melhor demonstram o respeito pelo significado das folhas da *Camellia sinensis*. São tão complexas e cheias de símbolos que o aprendizado pode levar toda uma vida. Com o objetivo de purificar a alma e integrar o homem à natureza, o chá, ao contrário de muitas outras bebidas, ajudou as pessoas a aprimorar o bom gosto e a gentileza.

A ÁRVORE E O XAROPE

A árvore *Acer saccharum*, ou *Sugar Maple* em inglês, ou ainda bordo em português, é considerada a árvore nacional do Canadá. Tanto que é chamada pelos canadenses de "*Maple Leaf Flag*", algo como a folha de bordo da bandeira.

O detalhe é que a seiva dessa árvore serve para fazer o famoso *Maple Syrup*, ou xarope de bordo, que os canadenses e norte-americanos adoram usar em panquecas, para adoçar café e chá, ou ainda em carnes. Combinações estranhas para brasileiros, mas eles adoram. O hábito de usar esse xarope como adoçante foi difundido pelos índios e, com a colonização europeia, foi rapidamente assimilado, estimulado pela dificuldade e alto preço alto do açúcar que vinha da Índia. Quando extraída, a seiva não tem gosto. É preciso fervê-la para fazer evaporar o excesso de água, entre vários outros métodos.

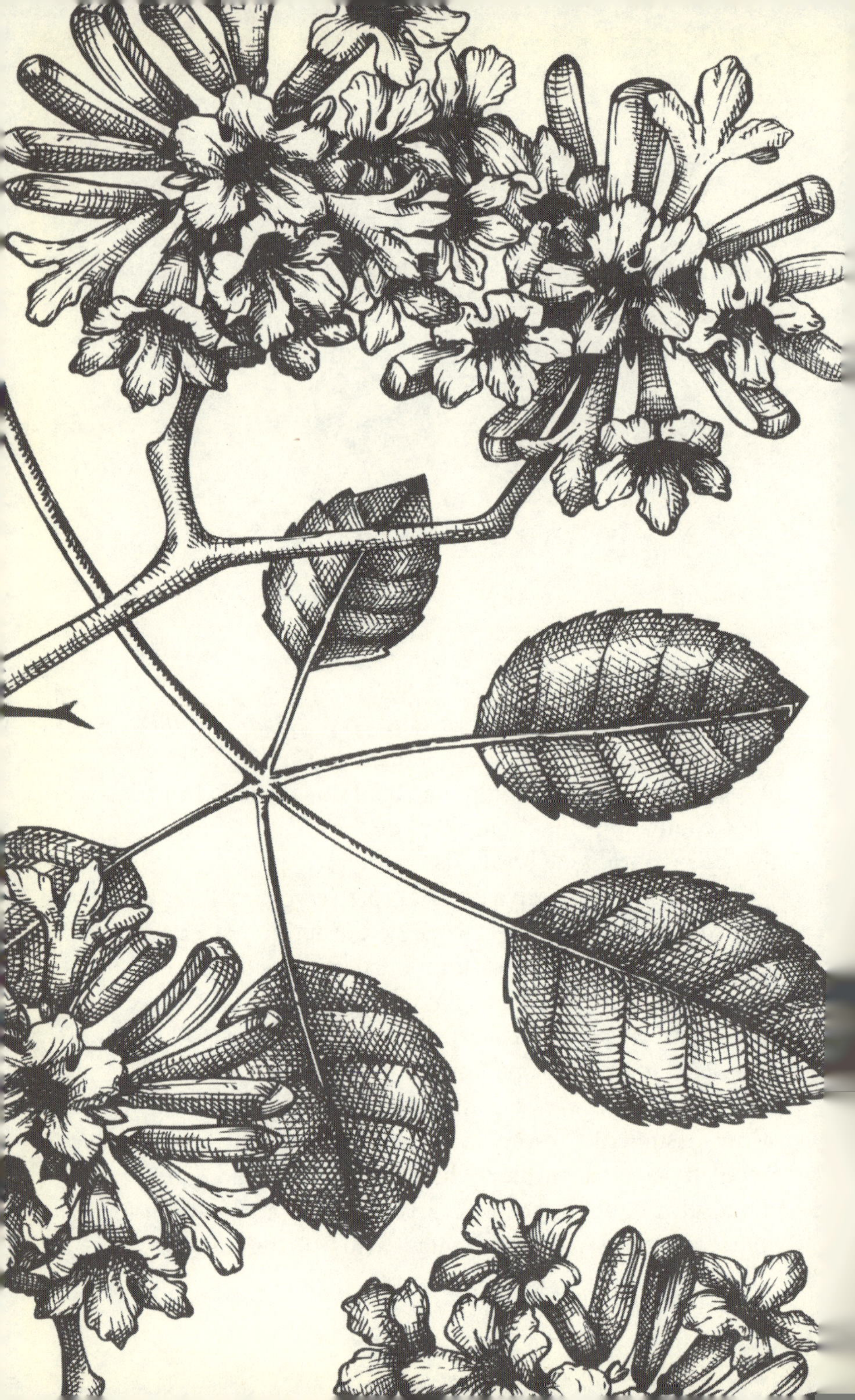

Chão de flores

Apaixonado, meu ipê perdeu a vergonha, despiu-se de todas as suas folhas e cobriu-se de flores. Rejeitado, dissaboroso, desvestiu-se, jogou todas as flores no chão e cobriu-se de verde para esconder seu padecer.

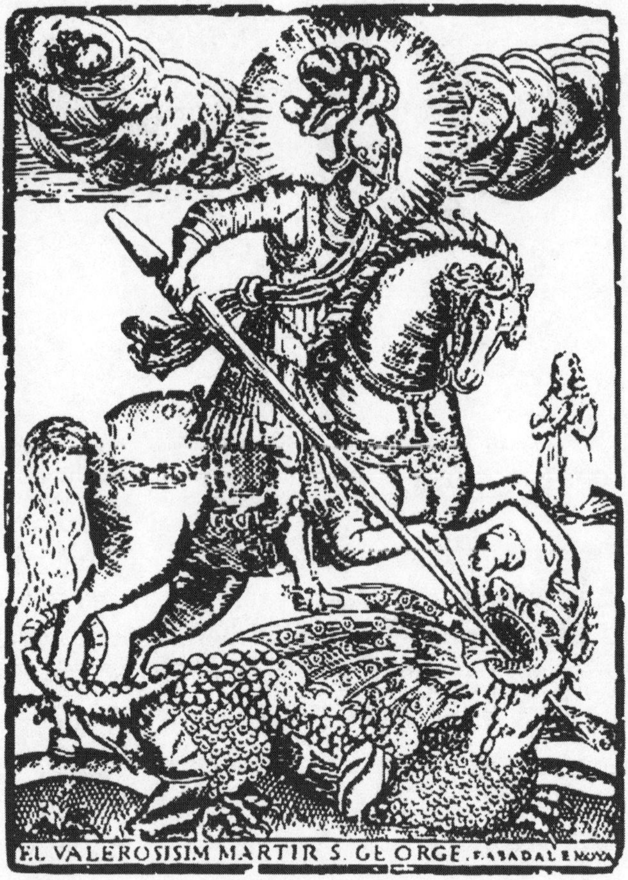
EL VALEROSISIM MARTIR S. GEORGE

Sangue Verde

Aliso a cicatriz em minha mão. Mais exatamente, no dedo indicador da mão esquerda. É um cacoete. Ela já se mostrou muito mais visível. Agora, se esconde no meio da pele que o tempo franziu. Foi devido a uma espada-de-são-jorge que quase perdi o dedo.

Carrego essa cicatriz desde criança.

Ganhei essa marca em um dia em que minha tia Alice visitou a gente. Queria umas mudas da espada-de-são-jorge. Na época, eu não sabia que o nome científico dessa planta é *Sansevieria trifasciata*, nem que é uma suculenta de origem africana, tampouco que é tóxica, muito tóxica.

Minha mãe dizia que cultivava a espada-de-são-jorge para evitar mau-olhado. Dona Nenê sempre teve mania com isso. Nessa época, o cavaleiro de Capadócia ainda era considerado santo pela igreja católica. Lembro quando ela falou para a tia Alice:

—Dizem que a força dessa planta vem de São Jorge. Ele está lá na lua com seu cavalo e trava uma eterna luta contra o dragão.

Tia Alice estava animada com a conversa.

— Você já experimentou espremer uma folha da espada-de-são-jorge? Ela tem uma gosma, parece um sangue verde. Será que o sangue de dragão é verde?

Tinha, e tenho até hoje, fascinação por dragões. Achei demais a ideia de eles terem sangue verde. Imaginei um guerreiro com sua lança numa batalha de vida ou morte contra um monstro que soltava fogo pela boca.

Escutava e não tirava os olhos da minha mãe, que trabalhava as mudas da planta com uma faca. Olhei para cima. Apesar de ser dia, a lua estava lá no céu. São Jorge devia estar olhando. Depois, as duas foram tomar café e eu fiquei ali, de olho na pilha de espadas-de-são--jorge. Vi também a faca que minha mãe tinha deixado fincada em um vaso.

Decidi. Aquela era a hora perfeita para uma boa luta. Eu adorava aqueles filmes de capa-espada que passavam na sessão da tarde. Eu iria ser São Jorge. Peguei a espada dele com a mão esquerda. Com a direita, arranquei a faca que minha mãe tinha deixado no vaso para ser a do dragão.

Começou a luta. A primeira estocada veio do dragão. Num movimento rápido, fiz a defesa. Ele contra--atacou com uma pancada bem no meio da espada. Ela vergou, mas continuou firme. A faca parecia decidida a acabar com a luta de uma vez. Veio o golpe traiçoeiro do dragão e acertou em cheio o meu dedo de menino.

Quando vi o sangue escorrer, comecei a gritar. Pingava na espada de São Jorge e o vermelho se misturava com a gosma verde antes de cair no chão. Minha mãe voltou correndo, gritando "que foi, que foi?", até ver o sangue vermelho-esverdeado. Entendeu tudo. Tia Alice ordenou:

— Tira a espada-de-são-Jorge da mão do menino.

Minha mãe arrancou a espada e a faca das minhas mãos. Me carregou até um tanque, abriu a torneira para limpar e conferir a gravidade do ferimento.

— Foi fundo — avaliou. — Precisa ir para ao pronto--socorro, senão pode perder o dedo.

Enrolou o ferimento num pano e lá fui eu tomar pontos. Lembro até hoje de ver o médico costurando meu dedo. Era curioso. Quando enfiava a agulha, a pele ficava toda esticada até ela sair do outro lado do corte. Depois eu sentia a linha deslizar, dando umas paradinhas no caminho e obrigando o médico a puxar mais forte. Não doía. Efeito da anestesia. Minha mãe falava para eu não olhar. Imagina se eu ia perder um serviço desses no meu dedo.

Aliso mais um pouco a cicatriz. Agora é antiga, apenas um queloide no meu dedo indicador. Ela serve para eu me lembrar que as plantas têm muito mais poder do que a gente imagina. Imaginação é tudo nesse mundo. Só isso dá a certeza de que São Jorge mata dragões lá na lua e de que certas suculentas têm o estranho poder de reconhecer e neutralizar maus-olhados. Posso garantir. Fiz um pacto com o sangue verde da natureza. A prova está no meu dedo.

É DE DAR
ÁGUA NA BOCA

Suculenta é uma palavra que enche a boca. Lambuzada de vogais, dá até vontade de comer, sem pressa. No mundo das plantas, nem sempre os nomes são felizes. As herbáceas são as mais floridas da natureza, mas o nome faz a gente lembrar mesmo é das ervas, nunca das flores. Arbustos escandentes, então... Argh!, muita botânica e nenhuma poesia. Já com as suculentas, quanta criatividade e imaginação no dedinho-de-moça, no colar-de-pérolas, na planta-fantasma, na rosa-de-pedra...

Lá em casa, elas estão por toda parte. Shirley, minha mulher, aderiu com tudo à onda das suculentas. Elas estão em vasinhos, jarros, aquários antigos, bacias de madeira, conchas, não tem lugar onde a gente vá que Shirley não enxergue um novo recipiente. Isso no apartamento onde moramos. Na casa de campo, à beira da piscina, há vasos enormes entupidos de rosas-de-pedra ou bálsamo. Distribuídos pelas paredes da varanda, há todo tipo de vasos e objetos nos quais brotam as folhas mais gordinhas, peludinhas, delicadas e coloridas. E, o melhor, sempre, várias delas estão floridas.

As suculentas têm tudo para apaixonar as mulheres. Eu nem chego perto. Não por desgostar, mas simplesmente por entender que este "brinquedo" é dela. Mulheres têm coordenação fina muito aprimorada e paixão por decoração. Impossível uma casa ser bonita e acolhedora sem a mão de uma mulher. As suculentas unem todas essas coisas: o prazer de fazer trabalhos manuais, as delícias da jardinagem e a decoração da casa.

Sim, claro, vale lembrar: jardinismo não tem sexo. Só não me tornei colecionador de suculentas porque a Shirley se apaixonou antes.

DESAFIE A ETERNIDADE

Pode ser uma tela, uma folha de papel ou um canto da casa. Se você tiver a felicidade de encontrar a pintura que ainda não foi feita, o texto que não foi escrito ou o pedaço de terra que não recebeu um jardim, é uma pessoa de sorte. Um vazio está ali, frente a frente com você, pronto para receber um pedacinho da sua alma.

Primeiro vem a angústia. O olhar fica perdido, dá vontade de desistir, de assistir a um pouco de televisão, de deixar isso para lá. Dá medo arriscar a primeira pincelada, escolher a primeira palavra, fantasiar com as plantas e flores do jardim que você ainda não plantou.

Aos poucos o transe chega. Você mergulha dentro de si mesmo. Arrisca. Mancha o quadro de amarelo com uma pincelada tímida. Escreve um verso de amor, um só. Rasga a terra, sente o cheiro úmido do solo, tira as pedras, começa a suar, sem saber se é da força física do limpa-empurra-corta-cava-aduba-planta ou da imaginação que voa alto enfeitada com flores do amor-agarradinho, das orquídeas, do ipê amarelo... sonhos com perfume da lavanda.

Você é obrigado a escolher. Não dá mais para voltar atrás, fugir do desejo que só faz crescer. Arrisca os azuis, os amarelos, você já quase pode ver a figura na tela. O texto soma alguns parágrafos, começa a fazer devanear. O jardim ganha um desenho, um local para o canteiro dos beijos-pintados, outro para a rosa arbustiva e ainda outro para o caramanchão que vai carregar nas costas as coloridas lágrimas-de-cristo, bicadas por beija-flores.

A empolgação chega ao máximo. Não dá mais para parar. Você está obcecado. Imagina o que Van Gogh sentiu com seu olhar tão diferente. Tenta decifrar como Machado de Assis escolhia cada uma de suas palavras. Reza para que os deuses da natureza abençoem cada uma das plantas que você depositou com tanto carinho no berço de terra, calcário e adubo.

Um dia você determina sem muita certeza: está pronto. Põe o último pingo de tinta na tela. Escreve a palavra que encerra a sua história. Diz para si mesmo: cultivei o jardim que quis. Está lá para quem quiser ver, o quadro, o livro, o seu pequeno jardim... Um pedacinho de você preenchendo o vazio, desafiando a eternidade.

Divino exagero

Quando meu filho Pedro nasceu, ganhei da minha amiga Tânia Roriz uma orquídea falenópsis. Saímos da maternidade e a flor foi junto.
Coloquei-a em um lugar de destaque. Os dias foram passando e a orquídea continuava linda. Três meses depois, quando o menino já estava um bebezão, foi que ela começou a perder as primeiras flores. Só no centé-

simo dia constatei que ela não tinha mais flores. Claro que me tornei o maior fã das falenópsis.

Como sempre acontece, basta uma primeira orquídea para a gente se apaixonar e na segunda não parar a coleção. As orquídeas merecem. Aquela primeira falenópsis está comigo até hoje. Pedro já é um adolescente e sempre que celebramos seu aniversário, ela, toda florida, sempre acompanha os parabéns. Certos presentes são inesquecíveis.

Acredito que se é verdade que Deus fez o mundo em sete dias, certamente deixou para o final o momento de criar as orquídeas. Talvez tenha sido a maior e a mais encantadora de suas criações no mundo vegetal. Estima-se que na natureza existam cerca de 30 mil espécies. Os cientistas classificam como uma espécie quando ela se reproduz e gera descendentes férteis. Mas números precisos não combinam com orquídeas.

O que dificulta tudo é que orquídeas podem ser pequenas ou grandes, roxas ou azuladas, terrestres ou epífitas, inclusive de gêneros diferentes. O cruzamento entre elas é praticamente infinito. São os famosos híbridos.

Aproveite. As orquídeas só existem pela beleza. Com uma única exceção usada para produção comercial, a baunilha — sim, aquela mesma que você usa em doces vem da orquídea *Vanilla*. Todas as outras milhares de espécies, penso eu, foram um certo exagero de Deus em formas, cores e perfumes, entusiasmado que estava com suas criações.

Gordinhas e Divertidas

Talvez seja pelo tamanho, pelas formas quase infinitas, quem sabe pelo colorido das suas folhas "cheinhas", o fato é que as suculentas são as plantas mais divertidas da natureza. Pode reparar. Dá para fazer qualquer coisa com elas, plantar em vasos e floreiras, no chão, cultivar dentro de casa, pendurar na parede, até em minúsculas rolhas de cortiça elas se dão bem. Você inventa à vontade que elas topam qualquer parada.

Criadas pela natureza para, assim como os cactos, sobreviver em condições difíceis, elas têm a habilidade de armazenar água nas folhas. Daí o saboroso nome de suculentas e a pouca necessidade de regas ou adubação.

Têm ainda a vantagem de serem encontradas facilmente e por ótimo preço. Se você me permite uma dica, compre logo um monte delas. Leve para casa, pegue aquela vasilha de porcelana que tem um quebradinho, uma xícara que restou de um conjunto, uma caixa de um presente que ganhou — você sabe o que tem em casa melhor do que ninguém —, e comece a sua coleção. Aposto que vai se divertir muito.

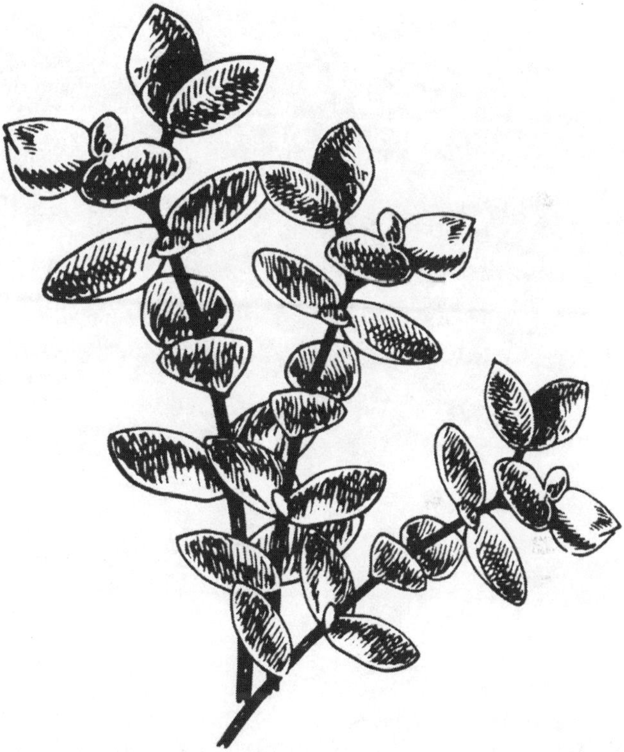

O MITO DA FAIA

Foi um capricho da natureza. Aquelas folhas de um vermelho-escuro, cor de vinho, protestavam contra o crime. O sangue das vítimas que se recusava a cair no chão coloria as folhas das faias que cresciam pelos campos da Europa. Na verdade, era uma mutação que acontecia com a faia, de nome científico *Fagus sylvatica*, em plena Idade Média, dando origem à variedade *purpurea* da planta. Porém, na época, a ciência ainda nada sabia de mutações genéticas e alguém começou a contar que as folhas tinham se tornado vermelhas devido a um crime. A história se propagou, sem que ninguém soubesse dizer quem matou ou quem morreu.

Essa história é contada por Hugh Johnson, no livro *The International Book of Trees*. Talvez você nunca tenha ouvido falar em faias. Elas são raras no Brasil. Na Europa, porém, junto aos carvalhos, são as chamadas grandes árvores que fazem a beleza dos bosques, florestas e parques. O jeito mais fácil para reconhecer uma delas é pelo tronco, suave e agradável ao tato. O tronco é tão delicado que os galhos sempre ficam voltados para baixo para protegê-lo do sol. Uma das espécies de faias, o *Fagus sylvatica* var. *pendula*, leva essa proteção tão a sério que cresce na forma de "cabaninha".

Faias são árvores para pessoas sem pressa. Depois de plantadas, a primeira floração vai acontecer só 80 anos depois. Isso, porém, é bem razoável para uma planta que chega a viver 300 anos. É também muito grande podendo chegar a 50 metros de altura. Seu fruto é uma noz apreciada por pássaros e roedores, e a noz da faia-púrpura é vermelha como suas folhas. O óleo dessa noz já foi usado na iluminação de lampiões e para cozinhar.

Faia, ou *Fagus sylvatica*. Guarde esse nome. Quando for a um bosque europeu, pode procurar que ela vai estar lá, há centenas de anos inspirando histórias de amor, aventuras ou crimes.

JARDINS DE ORLANDO

A magia está por toda parte. O castelo da Cinderela resplandece diante dos seus olhos e, a qualquer momento, a própria princesa loira e sorridente poderá dar um alô para você ou para a sua filha. O Coelho da Alice, apesar da pressa, vai ter um tempinho para tirar uma foto com sua família. Um show começa com o Mickey e o Pateta. Tudo sempre no meio de jardins.

Quase ninguém se conscientiza da importância dos canteiros ultracoloridos, das nobres palmeiras azuis, dos lagos com peixinhos e dos pássaros. Não é mesmo para ninguém refletir sobre o que fazem ali. O que deve emocionar é o filme em 3D no qual o Homem-Aranha vai sentar ao seu lado para combater o crime.

O Everest está à sua frente. Olhe de novo a paisagem típica do Himalaia refletida no rio, o detalhe da ponte, do porto com mercadorias, na cidade imaginária de Anandapur. Observe a exuberância dos arbustos, dos capins, das árvores. Não dá nem para racionalizar que a montanha é apenas um suporte metálico criado por engenheiros para a montanha russa Expedition Everest.

O incrível, quase inacreditável, é isso: tudo foi planejado e construído. Onde agora há o parque Animal Kingdom, havia apenas um pântano. A cascata é artificial, a areia é importada e todas as plantas foram escolhidas para compor um cenário selvagem, até na

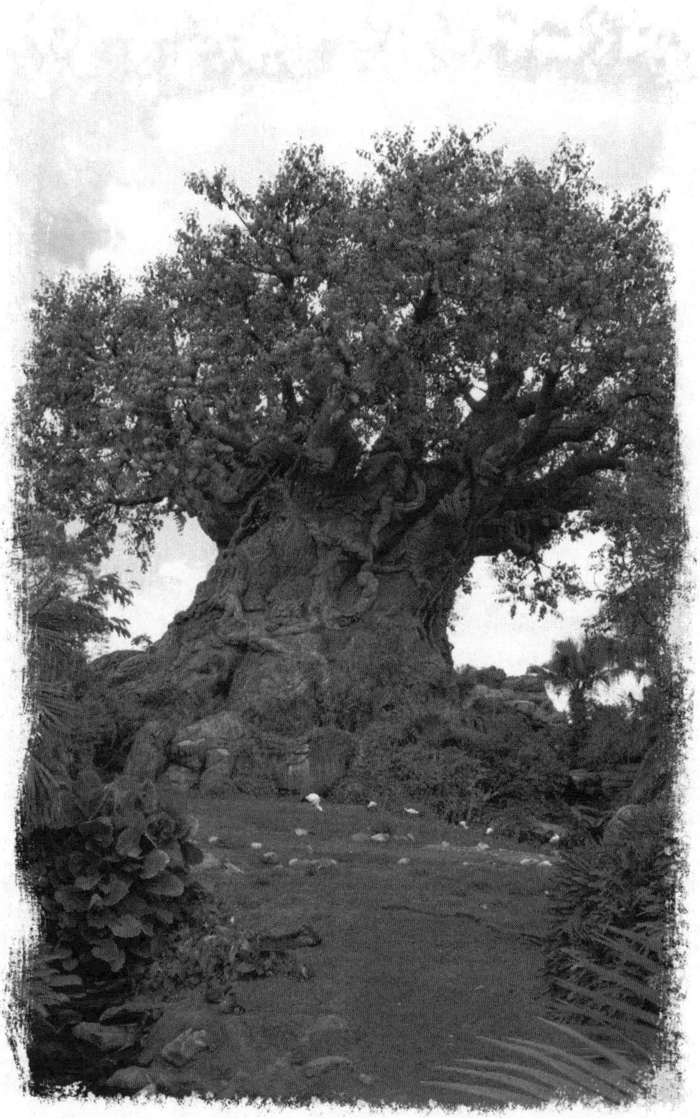

escolha dos matos, tudo trazido de longe. Assim, numa "legítima" paisagem africana, os turistas fazem um safári em um caminhão bem típico para conhecer de perto rinocerontes, elefantes, impalas e leões, bem vivos e passeando pela savana.

Cada brinquedo com seu cenário. Cactos, agaves, cascalhos, caixas e barris abandonados dão a certeza de caminhar no velho oeste, em uma mina abandonada. Cansou do Oeste? Contemple vasos floridos de russélias enquanto espera na fila para despencar dos elevadores enlouquecidos da Casa do Terror. Depois, divirta-se com as vassouras que vieram direto do filme *Fantasia*, onde os baldes despejam amores-perfeitos.

Subitamente, no meio do bosque, uma face feminina. É a Mãe Natureza que te saúda.

Nem precisava. Os profissionais da fantasia sabem que, se tirarem o paisagismo dos parques, nada restará. Se você, por algum momento em sua vida, duvidar de como a natureza influencia o estado de espírito, vá a Orlando.

Ali, melhor do que em qualquer outro lugar do mundo, as plantas, algumas engenhocas e a fantasia se unem para criar um mundo de diversão, onde o irreal está ao alcance de um ticket.

Os limites da Natureza

Se hoje, com tanta ciência, é difícil saber do que a natureza é capaz, na Idade Média tudo parecia possível. Não falo dos incivilizados, mas dos homens letrados, daqueles que acreditavam que a Terra era plana, que era a Lua que produzia a prata e que a Fonte da Juventude existia em algum lugar do mundo.

Esses naturalistas acreditavam que existia também o "cordeiro vegetal", um animal que crescia como um fruto. O Cordeiro Vegetal da Tartária está moldado em miniatura e pode ser visto no Museu da História do Jardim, em Londres. Fantasio o que as pessoas do futuro pensarão do que, agora, acreditamos ser ciência.

O VILÃO
DOS JARDINS

Ninguém gosta deles. Estragam a estética, a simetria. É como a nota dissonante no momento da pausa da orquestra. O nome não é nenhum elogio, não privilegia identidade, generaliza, desclassifica, quase ofende: mato, o grande inimigo da beleza dos jardins. Será mesmo?

Resistentes, são sempre os primeiros. Atrevidos, não pedem licença. Invasivos, não respeitam limites. Desaforados, ocupam os espaços mais nobres, mais bem preparados para as plantas mais lindas. Chegam sem pedir licença e, sem educação, resistem aos ataques mais ferozes das enxadas, firminos, venenos de todos os tipos. Chegam para ficar.

Bonitos, não são. As folhas, nem graça têm. Flores, quase não há. O que têm mesmo são sementes. Milhares delas, em cachos, leves, fáceis de serem levadas pelo vento. Antes mesmo de serem notadas, elas já estão maduras. Cortar é inútil. A pancada da enxada só as faz espalharem-se. Da raiz não pode sobrar absolutamente nada. Qualquer pedacinho, por menor que seja, faz ressurgir a planta. É praticamente impossível montar uma estratégia para vencer tal inimigo.

Orgulho, não é nem defeito ou tampouco qualidade dos matos. Eles são indiferentes à beleza, à nobreza de alimentar, ao charme de serem cheirosos. O que querem é viver. Parecem saber que não são especiais, não têm dotes extraordinários. Fazem de sua mediocridade e da persistência sua grande arma.

Não têm pressa. Parecem saber que cedo ou tarde todo aquele que o combate se cansará. Vilões não devem ser belos, nem cheirosos, tampouco sensíveis. Se escondem nas sombras, traiçoeiros. Muitos deles, hoje posando de ornamentais em lugares nobres nos jardins, têm um passado que os condena.

Jardinistas experientes sabem que esta luta pode ser inútil. É questão de tempo. Todo gramado um dia terá de dividir seu espaço com os matos. Esses surgem, se estabelecem, gostam do lugar. Mais fácil trocar o nome de gramado por relvado, palavra que aceita tudo o que é verde para definir uma vegetação rasteira. Basta manter sempre bem podadinho, todas as folhas da mesma altura que ninguém notará a diferença.

Paro. Será mesmo? Deixado à própria sorte, o destino de um jardim será se tornar um matagal. Um matagal, abandonado, em algum momento terá árvores e se tornará um bosque. Pode até ficar bonito. Pode ser ecologicamente correto, mas não é mais um jardim.

Jardim é lugar de se realizar fantasias de cores e formas. De cultivar canteiros. Pintar com flores, bordar com texturas, destacar com esculturas. Jardim é do bem, é alimento para o espírito. Não, lamento, meu prezado capim, minha caprichosa tiririca (talvez a pior erva daninha do mundo), meu vigoroso colonião, minha erva-de-passarinho, vocês não são bem-vindos. Já em latim vocês todos eram chamadas de *Ervis danium*, ou erva danadinha, o mesmo nome que se dava às mulheres que traíam seus maridos. Fiquem longe do meu jardim.

Sei que, no fim, vocês vencerão. A beleza do espírito se sobrepõe ao caos só por um tempo. O esplendor da beleza de um jardim é sempre passageiro, como a juventude. Mas é um encanto que permanecerá até o final dos tempos na alma de um jardinista.

A ÁRVORE
E O AVIADOR

Uma alma de poeta morava naquele guerreiro. Ele não era jardinista, tampouco professor. Era piloto de avião, adorava mecânica desde criança. Talvez tenha passado mais tempo voando do que em terra nos parcos 44 anos que viveu, morto em combate aéreo na Segunda Guerra Mundial. Ainda assim, quando jovem, esteve em Recife, no final da década de 1920, e deixou-se encantar por um baobá.

Quase ninguém sabe que o nobre francês Antoine de Saint-Exupéry, sim, ele mesmo, o autor de O *Pequeno*

Príncipe, inspirou-se no baobá que existe na Praça da República da capital pernambucana para ser o inimigo do planeta do príncipe. A preocupação, lembra-se?, era que os baobás crescessem e rachassem o planetinha.

Baobás são mesmo árvores imensas e sagradas para algumas religiões como o candomblé. São chamadas de árvore garrafa devido ao seu caule gigantesco, no qual ela chega a armazenar 120 mil litros de água para a época da seca. Originário de Madagáscar, estima-se que haja cerca de 100 exemplares no Brasil. Dizem que vive milhares de anos, mas os cientistas não conseguem comprovar a idade ao certo porque não têm anéis de crescimento como as outras árvores.

Se o baobá vive muito, o livro que inspirou realiza uma longa e bela carreira. *O Pequeno Príncipe* já vendeu mais de 143 milhões de exemplares e foi traduzido para mais de 160 idiomas e dialetos. Sobram motivos. É assim, por exemplo, que o guerreiro aviador descrevia o surgimento de uma flor:

"Escolhia as cores com cuidado. Vestia-se lentamente, ajustava uma a uma suas pétalas. Não queria sair, como os cravos, amarrotada. No radioso esplendor de sua beleza é que ela queria aparecer".

Decididamente, a natureza e os escritores combinam perfeitamente.

É MAIS SIMPLES
DO QUE PARECE

Pode ser que seu jardim tenha uns poucos metros quadrados. Ou, então, que seja imenso, ou, ainda, que seja a varanda de um apartamento. Tanto faz. Não é o tamanho que vai determinar ele ser acolhedor. Essa qualidade surge quando você escolhe um cantinho e coloca alguns elementos para aumentar o conforto para o corpo e a beleza para os olhos.

Um caramanchão costuma funcionar perfeitamente. Basta escolher algumas poltronas confortáveis, uma mesinha, pendurar alguns vasos, deixar uma trepadeira crescer, e verá que, sempre que puder, você estará lá. Vai querer levar os amigos, tomar um vinho, rir e se divertir.

O contato com o ar livre faz toda a diferença. Mesmo que seja rodeado de paredes ou muros, as soluções são mais fáceis do que podem parecer à primeira vista. Só uma pequena fonte-d'água para fazer um barulhinho, rodeada por vasos com flores e alguns objetos de decoração e, nem você, nem ninguém, nunca mais verá a parede ou muro.

A FLOR QUE NÃO PODE FLORIR

Há mais de dois mil anos ela tenta florescer. Em cada pequena touceira da *Capparis spinosa*, centenas de botões se formam, prontos para exibir suas pétalas grandes e brancas com grandes estames. A cada dia, porém, mãos rápidas e habilidosas colhem todos eles antes que floresçam.

Talvez você nunca tenha notado, mas a alcaparra é um botão de flor. O mais provável é que nunca tenha sequer visto uma alcaparreira ao vivo, já que ela praticamente não é cultivada no Brasil. Nas encostas rochosas e áridas do Mar Mediterrâneo é que ela gosta de crescer e tentar florescer. É dos ingredientes mais marcantes da saborosíssima culinária mediterrânea e as melhores alcaparras do mundo crescem na ilha vulcânica de Pantelleria, na província de Trapani, Sicília.

Se, por acaso numa viagem, você esbarrar com uma alcaparreira, nem pense em colher e comer o botão. Ele é amargo e tem sabor desagradável. Precisa ser curtido em salmoura para liberar seus sabores e aromas marcantes que já agradaram gregos e romanos desde que o mundo é mundo. Até o grande gênio renascentista Leonardo da Vinci (1452-1519) não perdoava uma boa *crema di capperi* (sopa cremosa de alcaparras).

Um ou outro botão, porém, escapam das mãos ágeis dos cultivadores e florescem. Tudo bem, quando se tornam frutos, são chamados de *cucunci* em italiano, alcaparras gigantes ou bagas de alcaparras no Brasil, e são do tamanho de uma azeitona. Adivinha se não vão para a panela em outros saborosíssimos pratos?

Doce de Orquídea

Não era para qualquer um. Para os astecas do Novo Mundo então recém-descoberto, a bebida espessa à base de cacau e temperada com os aromas de uma orquídea chamada baunilha só podia ser tomada pelos guerreiros e pelos nobres. Tinha um nome estranho para os espanhóis que chegavam: xocoatl.

Separados "ao nascer", o chocolate e a baunilha ganharam o mundo. Hoje, as docerias não vivem sem eles. A baunilha, que é um extrato das vagens da orquídea, é a segunda especiaria mais cara, depois do açafrão. Também é muito apreciada pelos confeiteiros quando vem em favas.

Lembrou-se da "vanilina", a que tem no mercado, bem baratinha? É a sintética, feita a partir de um tipo de álcool. Se puder, prefira a *Vanilla planifolia* e delicie-se com o mais primoroso sabor de uma orquídea.

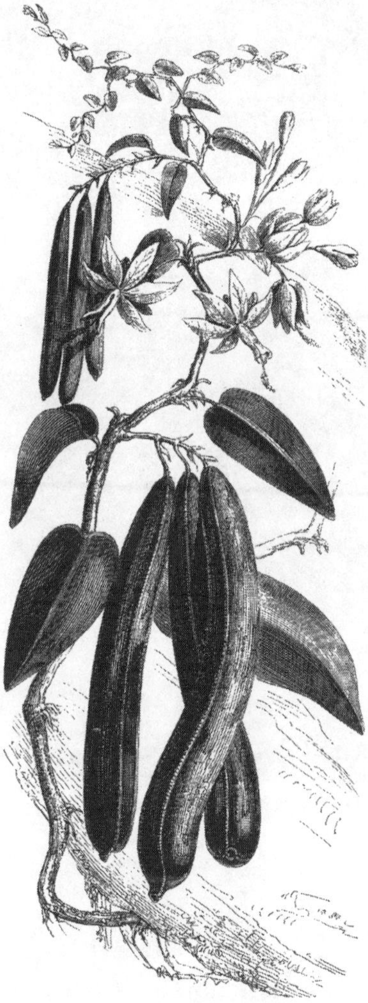

UM CASO DE AMOR

As orquídeas, que estão entre as mais belas flores da natureza, adaptam-se em qualquer parte do jardim. Tenho uma touceira de olho-de-boneca no caule de um ipê que, quando fica florida, é de encher os olhos. Fora as falenópsis distribuídas por troncos de árvores, que me surpreendem com flores fantásticas. Não posso me esquecer da nossa boa e velha amiga arundina, que enche de charme um cantinho perto da minha cerca. As possibilidades se ampliam com vasos distribuídos pelo jardim ou suportes colocados em paredes verdes. Já comecei a sonhar em ter, um dia, uma *greenhouse* para alojar mais e mais orquídeas.

É verdade que todas as flores são lindas. Mas, para mim, não existem mais belas do que as orquídeas. Cada vez que admiro uma florada, sinto uma gratidão profunda. Por coincidência, repeti muitas vezes a palavra gratidão em uma viagem à Floriade e outros jardins na Holanda, Bélgica e França. Comprovei, de novo, o quanto as plantas e os jardins melhoraram minha vida. Não só por proporcionar encanto e alegria ao espírito, mas também por melhorar antigos relacionamentos e permitir fazer novos amigos.

Quando me deixei encantar pelos jardins, minha vida não foi mais a mesma. Só posso agradecer, humildemente, a graça divina que me foi dada. Meu estresse diminuiu, minha alegria de viver aumentou e passei a entender melhor como gestos simples feitos apenas com um pouco de água e carinho se revertem em gloriosas floradas. Fazer diferente é quebrar a rotina, fugir do óbvio, buscar novos caminhos. Em duas palavras: se apaixonar. E não existe nada mais emocionante nessa vida do que começar um novo caso de amor.

A Flor de
Lótus é pop

Que a lótus é uma flor sagrada você já sabe. O fato de a planta *Nelumbo nucifera* nascer da lama e do lodo e gerar uma das mais belas flores do mundo desperta fantasias e metáforas há muitos séculos. É a flor da transcendência que, a partir dos desejos carnais mais básicos, produz a flor imaculada, aquela que busca a pureza espiritual. Pureza tão grande que nem mesmo a poeira se deposita em suas pétalas.

Ela está presente em muitas religiões, sendo marcante em culturas de todo o mundo. Talvez você acredite até que onde o menino Buda pisou ao dar seus primeiros passos nasceu uma flor de lótus. Ela aparece na posição básica do yoga, em tatuagens e no desenho do Burj Khalifa, em Dubai, o maior edifício do mundo, com 828 metros de altura. Se ele for olhado de cima, do espaço, o que se verá é o formato da flor de lótus.

Mas quero falar é da flor de lótus da *Odisseia*, poema épico que narra as aventuras de Ulisses, escrito no século VIII a.C. pelo grego Homero, uma das mais importantes obras da literatura até hoje. A história conta que havia um povo numa ilha perto do Peloponeso chamada de Ilha dos Lotófagos, ou seja, ilha dos comedores de lótus.

Quando Ulisses mandou seus homens desembarcarem em busca de água doce na tal ilha, eles fizeram como os nativos e comeram da lótus. Imediatamente, todas as preocupações desapareceram, até mesmo as saudades de casa, que era o maior sofrimento da tripulação. Forçados a voltar, choraram amargamente. A flor, no grande clássico da literatura, simbolizava a possibilidade de apagar o passado e começar tudo de novo. Muitos séculos depois o tema foi retomado no quinto capítulo de *Ulisses*, do irlandês James Joyce, com o mesmo nome: Os Comedores de Lótus.

A flor de lótus pode, sim, ser comida, mas só simbolicamente apaga o passado. Vale pela reflexão. Até mesmo quando está fechada, ela ensina. Os gurus dizem que é nessa ocasião, quando ainda não mostrou suas lindas pétalas, que a gente tem de refletir sobre as infinitas possibilidades do ser humano. E também as possibilidades de plantas mágicas como a própria flor-de-lótus.

SONHO AZUL

Um sonho pode ser tangível, pode ser palpável se você acreditar nele. A região das hortênsias no Rio Grande do Sul foi um sonho coletivo que começou na década de 1950. A febre de plantar a *Hydrangea macrophylla* tomou conta dos moradores de Gramado, Canela, Nova Petrópolis e São Francisco de Paula, convencidos que foram pelo imigrante alemão Oscar Knorr. Começou pelos jardins, ganhou as praças, as ruas e fez das rodovias da região as mais belas do Brasil.

Flores azuis por toda parte para ver, gostar e jamais esquecer. Azuis porque o solo da serra gaúcha tem muito alumínio, o que o deixa ácido. Se fosse alcalino, seriam todas rosadas.

Ter o sonho de fazer um jardim, de convencer uma cidade inteira a se encher de flores, está ao seu alcance. Basta ousar sonhar.

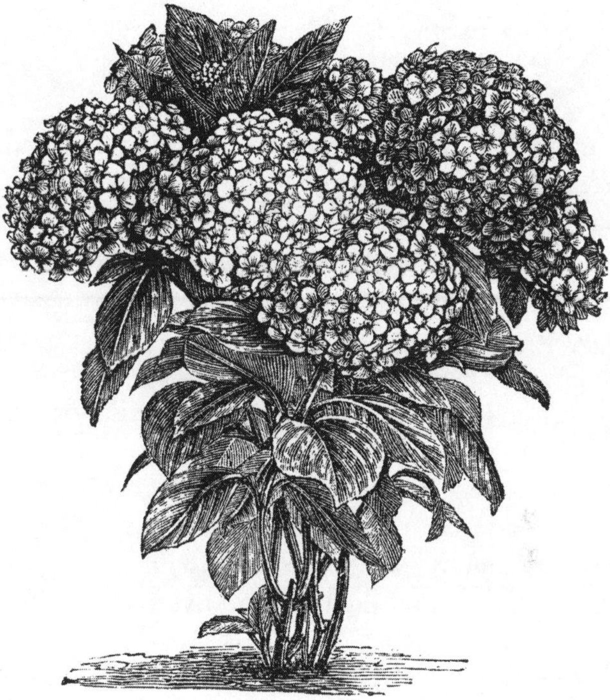

Belas e versáteis

No caramanchão elas ficam lindas. Nos arquinhos, perfeitas. Bordando varandas, geniais... Não consigo pensar uma única estrutura na qual as trepadeiras não se encaixem perfeitamente. O fato de poderem ser conduzidas fazem delas as mais versáteis de todas as plantas do jardim.

Como se não bastasse, muitas delas têm flores esplêndidas que vão se sucedendo, ficando floridas quase o ano todo. Com folhas brilhantes criam um volume que pode até encobrir a estrutura. Por isso ficam excelentes em portões para receber seus convidados, ou, então, dando sombra à beira da piscina.

Quando vi pela primeira vez uma jade (*Mucuna bennettii*) florida, foi um choque. Aquele vermelho é algo que você jamais esquece. Com a azul (*Strongylodon macrobotrys*) não é diferente. Se tiver chance, escolha essa planta.

Como se não bastasse as trepadeiras serem bonitas, práticas e floridas, muitas delas são fáceis de cultivar. Depois que "pegam", você precisa fazer bem pouca coisa, a não ser contemplar a beleza que só elas têm.

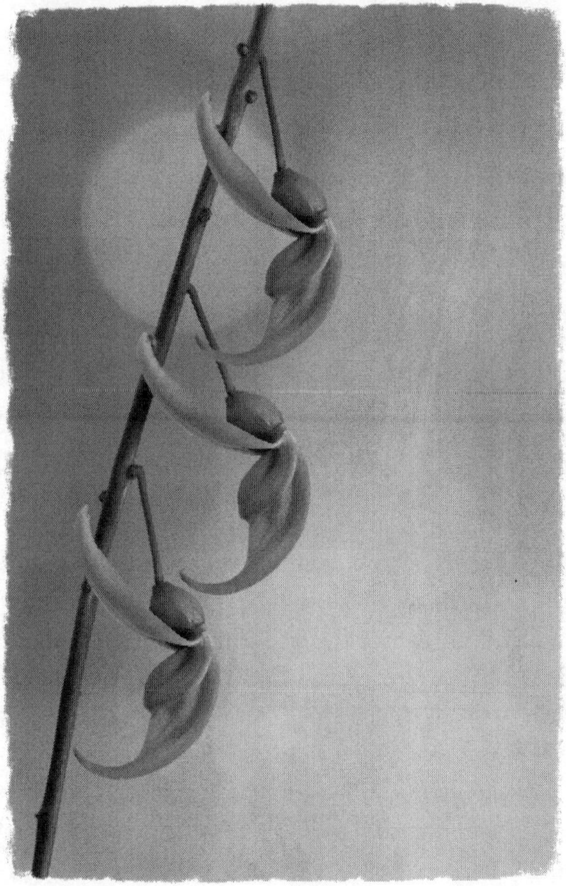

A ÁRVORE
QUE É UM FÓSSIL VIVO

Ele era um romântico. Mais que isso até, Johann Wolfgang von Goethe foi um escritor que apreciava muito a botânica e outros campos da ciência. Quando o autor de *Fausto* conheceu a jovem Marianne von Willemer, levou-a para conhecer uma árvore no jardim do Castelo de Heidelberg. Explicou que era uma *Ginkgo biloba* e apanhou duas folhas da árvore.

Marianne era casada e Goethe, um cavalheiro. Porém, a impressão que ela causou nele foi tão forte que ele escreveu um belo poema chamado exatamente *"Ginkgo biloba"*. Acrescentou a ele as duas folhas da árvore e enviou para a moça no dia 27 de setembro de 1815. Se houve algo mais entre eles, não se ficou sabendo. Mas até hoje o poema pode ser visto no Museu Goethe, em Düsseldorf, na Alemanha, com as duas folhinhas.

O escritor alemão sabia do que estava falando. A *Ginkgo biloba* é considerada um verdadeiro fóssil vivo, com seus primeiros indivíduos datando de 270 milhões de anos e o único exemplar de seu gênero. Uma das explicações é sua surpreendente capacidade de sobreviver em locais "difíceis", como encostas rochosas ou bordas de penhascos. Se as condições se tornam ainda mais precárias, com forte erosão, por exemplo, podem nascer novos brotos até de suas raízes.

Tanta capacidade de sobrevivência faz com que sejam atribuídos fortes poderes curativos ao extrato da planta, constituído principalmente por ginkgoflavonoides e terpenolactonas.

Hoje é uma planta que cresce em vários locais do mundo. Mas houve um período em que quase foi extinta. Foi salva por monges budistas chineses que, por mil anos, a cultivaram no solo sagrado dos seus templos. Esta é uma árvore que tem muita história para contar e que começa na era dos dinossauros.

O PRIMO REAL
DA ALCACHOFRA

Amontoadas na barraca do feirante, não dá nem para imaginar a nobreza da família dos cardos, da qual a alcachofra faz parte. Não por aqui no Brasil, onde pouco se liga para a realeza, mas na Escócia o cardo-selvagem (*Onopordum acanthium*) é a mais importante de todas as plantas e o grande orgulho nacional. E faz tempo.

Símbolo da nobreza de caráter, foi escolhido por Alexandre III (1249-1286) como emblema nacional da Escócia e já era usado em moedas de prata por Jaime III em 1470. É também o símbolo da ordem *The Most Ancient and Most Noble Order of the Thistle* (algo como a Mais Antiga e Venerável Ordem do Cardo-selvagem). É tão importante que, além dos nobres escoceses, aceita (veja bem, aceita, meio que de favor) membros da família real britânica e uns poucos monarcas estrangeiros. E cuidado se for fazer alguma crítica a eles. O lema da ordem é *Nemo me impune lacessit* (do latim, Ninguém me provoca impunemente).

Se olhar um pouco mais atentamente, verá que o cardo-selvagem é também o símbolo da *Encyclopaedia Britannica*, da Associação Escocesa de Futebol e uma das quatro flores do brasão de armas de Montreal, no Canadá, entre muitos outros escudos, brasões e bandeiras.

O motivo de tanta admiração vem, talvez, dos espinhos que o cardo tem, que o tornam uma planta que sabe se defender. O próprio Deus, quando expulsou Adão e Eva do Paraíso, mandou que o casal comesse cardos (Genesis 3:17-18).

Aliás, nunca despreze aquela prima do cardo-selvagem que você encontra na feira e que literalmente lhe oferece o coração. Com muito azeite e um bom molho, o coração da alcachofra é um prato digno de reis.

Histórias de famílias

A história de uma família está no jardim. Ou melhor, cada fase da vida fica nítida numa simples observação das plantas. Um jardim recém-plantado, com gramado em formação, árvores pequenas e deques cheirando a verniz só pode significar que naquela casa mora um casal jovem, começando a vida, ou pessoas mais maduras que decidiram começar uma nova fase.

Já algumas casas parecem soterradas debaixo de plantas imensas. Palmeiras enormes, arbustos que cresceram demais impedindo a passagem de um caminho, ervas-de-passarinho nos galhos das árvores... É certo que ali moram pessoas que há muito não olham o jardim. Entram e saem com seus olhos cansados, vai saber de que desgosto, de qual preocupação.

É a capacidade de se renovar que dá graça à vida.

Passeio pela cidade olhando os jardins. Nem é tanto a beleza das flores ou o colorido das folhagens que me atrai, mas sim as vidas que estão escondidas — ou melhor, reveladas — na trepadeira que reveste o arquinho da entrada, dando as boas-vindas; no muro enfeitado de alamandas amarelas; no caramanchão coberto pela primavera que faz sombra perto da piscina. Em tudo dá para ver o sonho de alguém, o toque de classe e de bom gosto das pessoas que sabem misturar a novidade com o conforto do que é há muito conhecido.

As plantas falam. É só saber ouvir.

Roberto Araújo

Um susto na rotina

Não sou eu. É a natureza que ensina que você deve fazer as coisas sempre de uma forma diferente. Nada mais banal do que fazer folhas verdes para uma árvore, um arbusto, uma simples hortelã. De repente, a natureza resolve inventar, sem razão nem por que, folhas manchadas de branco, amarelo e até com tons avermelhados. Os botânicos chamam esse fenômeno de variegação.

A grande vantagem de se usar plantas variegadas é que elas iluminam o jardim. O contraste das partes claras com as veteranas folhas integralmente verdes chama o olhar, faz a gente chegar mais perto, refletir sobre como a natureza quebra as suas próprias regras.

Também eu gosto de rotinas. Ter a segurança de vir para a redação escrever meus textos, ir para a casa de campo cuidar das minhas plantas. Porém, assim como a natureza mancha suas folhas, de vez em quando acredito que é importante fugir do cotidiano, surpreender os olhos com cenários que eles nunca viram; degustar sabores nunca apreciados; conversar com pessoas que acreditam em outro Deus. Enriquece a alma.

Outro dia, apenas por três dias, virei minha vida

pelo avesso. Fui fazer uma reportagem em Dubai para a revista *Viaje Mais*. Depois de 14 horas dentro de um avião, estava em um mundo totalmente diferente. Vi plantas incríveis como a *Zizyphus spina*; me surpreendi com um povo cujos homens usam batas brancas e mulheres sempre trajam preto. Jantei num acampamento no deserto de Margham, andei de camelo, vi falcões, caminhei por dunas. Sonhei sonhos muito, muito diferentes.

A viagem foi só uma sorte do destino. É possível fazer muita coisa para quebrar a rotina. Escolher um caminho diferente, ler um livro de um autor que você nunca leu, saborear uma comida exótica... Faça igual no jardim. Chega só de folhas verdes, sempre repetidas, chega de sempre usar as mesmas plantas. Arrisque coisas novas. O que importa é dar um "susto" na rotina.

Cada planta com sua vocação

É certo que você vai pegar amor. Cada uma delas, o pândano, a hortênsia, a petúnia, deixará de ser uma planta qualquer para se tornar o "seu" pândano, a "sua" hortênsia, a "sua" petúnia. Quem sabe ganhará nome próprio e, por muito tempo, você vai zelar pelo bem estar dela, vai cuidar para que fique bem, cresça com saúde, floresça.

Para que isso aconteça, é essencial respeitar cada planta que escolhe para o seu jardim. Como as pessoas, as plantas também têm vocações. Não foi propriamente para enfeitar seu jardim que a natureza as criou. Não custa repetir que, quanto mais próximo o ambiente estiver do local de origem de uma determinada espécie, melhor ela se sentirá.

É por isso que o uso correto das plantas no paisagismo é tão importante. Pode ser para cercas vivas, canteiros, bordaduras, ou qualquer outra situação. Um muro construído com pedras só fica bonito se nos vãos forem colocadas algumas plantas. Qual? Ora, as plantas que têm vocação para isso. As suculentas, por exemplo, adoram.

No começo, tudo pode parecer um pouco estranho. É quase certo que você perca algumas mudas. Vai travar uma luta com elas e com o ambiente. Algumas vai regar demais, outras de menos. Aos poucos, cada uma das mudas vai te ensinar do que gosta e o que odeia. Vai chegar, então, a hora da harmonia, do entendimento, da cumplicidade entre você e elas. Quem olhar de fora vai achar que você nada está fazendo. Joga casualmente a água e o adubo e tudo dá certo. Assim, não será apenas pelas plantas que você vai pegar amor, mas pelo jardim inteiro, no relacionamento tranquilo de cada um saber exatamente o que esperar do outro.

ÓCULOS ESCUROS
PARA PLANTAS

Ouvir as palavras não é conhecer. Por vezes, são apenas frases que a gente memoriza e até repete como se aquilo fizesse sentido. Tantas e tantas vezes eu repassei a lição em livros e conversas sobre as folhagens, com suas paletas de cores. Podia repetir que os pintores se baseavam na natureza para combinar delicados roxos com amarelos, vinhos com verdes-claros. Ou, então, que jardinistas se inspiravam em pintores para escolher e combinar plantas com folhas coloridas, como eles haviam combinado nas telas. Foi daquela vez que eu efetivamente entendi do que se tratava.

Olhar nem sempre é ver. O cérebro, dizem os especialistas, a tudo simplifica para poupar esforços. Por isso, classifica as folhas como... folhas, e pronto. São verdes, servem para captar a luz e fazer trocas gasosas na fotossíntese. Fim da questão. Com isso, um mundo inteiro de conhecimento pode estar sendo perdido.

Olhar os canteiros em Kew Gardens, na Inglaterra, modificou para sempre a minha visão sobre folhagens. Cada folha tem um formato. Umas são arredondadas, outras, em forma de lança, em forma de agulha, ou, ainda, lisas, enrugadas, com pelugem ou dentadas como as roseiras. E as cores então, podem ter manchas, serem bicolores, listradas... e por aí vai.

Quanto mais a gente olha, mais vê e mais aprende. O mundo das folhagens é tão maluco que algumas plantas usam os mais incríveis truques para sobreviver. Um exemplo pode ser uma muda de ipê: se cultivada à meia-sombra, tem as folhas verdinhas; se estiver no sol, pode conferir, tem um tom vermelho-azulado, quase roxo.

São os "óculos escuros" que ele usa para se proteger do excesso de sol, me ensina meu amigo e o único doutor em botânica que conheço, Eduardo Gomes Gonçalves. O ipê não é o único a fazer isso. Um jardinista de verdade é capaz de aproveitar tudo o que a natureza oferece. O encanto de uma planta pode estar na flor, no caule, mas o que você mais vê são as folhas. É a maior arma que você pode ter para deixar seu jardim colorido quase o ano inteiro. Mesmo que ela esteja disfarçada, usando óculos escuros.

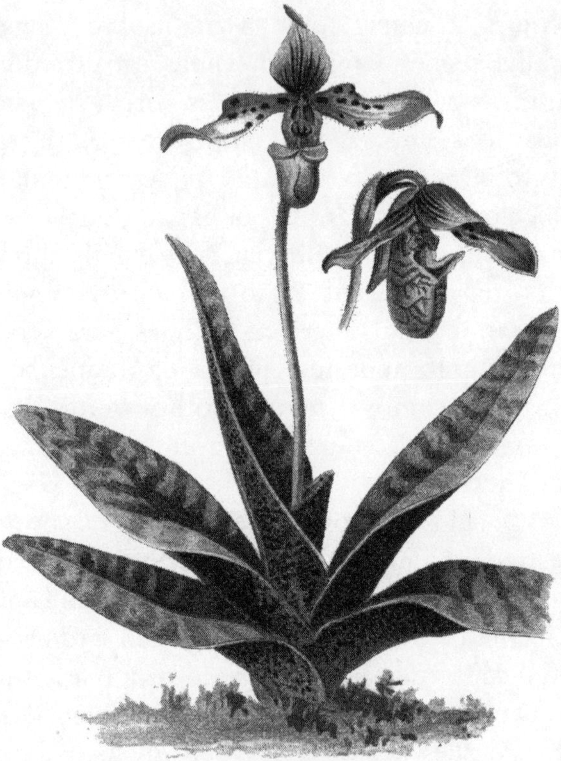

Personalidade forte

Penso que personalidade não é lá uma palavra muito comum para se falar de orquídeas. Mas se for um *Paphiopedilum*, bem que essa pode ser uma palavra bem empregada.

Ele tem características bem diferentes de várias outras espécies, a começar por ser terrestre e gostar de pouca luz. Por isso, vai bem naquele canteiro sombreado que é sempre um problema. Ou, então, pode permanecer em vasos dentro de casa, bastante saudável, por longos períodos.

Até aí, a orquídea-sapatinho não é tão diferente assim. Mas experimente pensar em reprodução. Ela gosta mesmo é de ser plantada por sementes, fruto daquele velho sistema da abelhinha que vai levar o pólen de uma flor para a outra. É quando o leque se abre: cada planta passa a ser bem diferente das outras, o que faz a alegria dos orquidófilos que gostam de variedades.

Isso falando só do *Paphiopedilum*. Eu não me canso de admirar como o mundo das orquídeas tende ao infinito, nas riquezas de cores, formas e detalhes. Cada vaso, cada flor são repletos de histórias e encantos. Cheias de personalidade — até que essa palavra vai bem —, as orquídeas fazem por merecer muita paixão.

O QUE NÃO PODE SER COMPRADO

Não foi pela casa, nem pela piscina, tampouco pelo jardim ou pelo campinho de futebol que eu me apaixonei. Foi pela vista.
No momento em que meus olhos contemplaram o jardim em primeiro plano, as árvores um pouco mais distantes e, depois, o rio Sorocaba ziguezagueando no meio das montanhas, senti que era aquilo que eu queria. Aquela casa tinha de ser minha. Passei a noite sem

dormir, como o adolescente que encontra a mulher de sua vida e teme que ela se apaixone por outro.

Comprei pelo que não pode ser comprado. Não podia comprar o rio, nem a montanha, muito menos o colorido do céu que emoldura tudo isso. Comprei o local de onde podia ver tudo isso. De quebra, levei uma casa, uma piscina, um jardim, um campinho de futebol e uma paixão que agora, dez anos depois, continua tão intensa como no primeiro dia.

Uma casa de campo não tem nada a ver com decisões racionais, refletidas e pensadas. São impulsos, vontade de mudar e de se renovar. E, pode acreditar, a paisagem que ela descortina faz uma enorme diferença. Para mim fez.

A SEMENTE QUE BROTA NA ALMA

Sempre achei que jardinistas são pessoas mais confiáveis. Talvez porque a generosidade seja indispensável para cuidar de plantas e jardins. Não sei se a pessoa se torna generosa ao cuidar das plantas, ou se, exatamente por ser altruísta, tem tempo e disposição para se dedicar a essa atividade.

Uma manhã de sol é um dádiva que, quando acompanhada de disposição física e bom humor, jamais pode ser desperdiçada. Escolher doar às plantas a força e a energia dessas horas é um gesto de muita grandeza.

Não cabe egoísmo ao jardinista. Ele jamais faz só para si. Ao contrário, é com alegria que enfeita sua casa, seu jardim, rega os vasos e compartilha com todos as belezas das glicínias, dos lírios, do amor-perfeito. Deixa tudo à mostra, compartilha a beleza.

A qualquer um que mostre interesse, o jardinista doa mudas, sementes, o que tiver. Quer que seu jardim se multiplique, que suas plantas tenham filhotes mundo afora. Depois pergunta, faz visitas, fica triste se alguma muda não vai para a frente, festeja quando proliferam.

O jardinista é confiável porque tem paixão pela vida. É capaz de aprender com as plantas a ter mais carinho com as pessoas. Aceita as dificuldades dos filhos, dos amigos, perdoa até o desconhecido que, também ele, precisa de compreensão e afeto.

Tudo que o jardinista busca nas plantas e nas outras pessoas acaba se enraizando nele. Na sua alma, reina o frescor dos laguinhos, crescem as belezas dos canteiros, florescem os ipês. A generosidade é o único bem que quanto mais você gasta, mais tem para gastar.

Olhos
de Beladona

As mulheres flertavam com um estranho olhar. Eram tempos de luxos e exageros do rei Luiz XV de França. As pupilas negras exageradamente dilatadas pouco deixavam do azul, verde ou castanho da íris. Mostravam, assim, um interesse incomum, como ficam os olhos quando motivados pela adrenalina da paixão ou do medo. O detalhe não escapou ao botânico, zoólogo e médico sueco Carlos Lineu, mais interessado no comportamento das plantas do que nos jogos de sedução das cortes europeias.

Na Itália, por exemplo, o hábito estava por todos os lugares. Para dilatar as pupilas, as mulheres passavam sobre os olhos um extrato de um frutinho negro que ele resolveu estudar. Localizou a planta, descreveu-a em 1753 e deu-lhe o nome de *Atropa belladonna*. Para Lineu, que se consagraria como o "pai da botânica", pareceu natural usar "beladona" em homenagem àsbelas jovens italianas, e "Atropo", para lembrar a mais velha das três irmãs Moiras da mitologia grega, aquela que corta o fio da vida.

A beladona é uma planta que gosta de crescer em hábitats sombrios, à beira de lagos ou rios. Em inglês, é chamada de *deadly nightshade* (algo como a sombra da noite mortal). Muito antes da ciência, a beladona já era conhecida das bruxas, magos, curandeiros e todo tipo de gente interessada em curar ou envenenar.

Tóxica ao extremo — bastam cinco bagas para acabar com um adulto —, já no Egito Antigo era usada como narcótico, em doses controladas. Por ser uma planta tão poderosa, suas propriedades já geraram muitos remédios alopáticos e é usada com frequência na homeopatia.

Nos jardins, pode até passar despercebida. Poucos se dedicam ao seu cultivo com fins ornamentais. Os pássaros, porém, adoram seus frutos de sabor adocicado. Comem à vontade, já que tanto veneno passa pelos delicados corpinhos sem provocar mal algum, gerando novas plantas.

Hoje, felizmente, os olhos de beladona saíram de moda. Para as mulheres ficarem ainda mais belas, os recursos cosméticos se tornaram muito mais seguros do que nos tempos de Lineu.

A FLOR DA NEVE

Era inverno. O ar estava gelado, o frio cortante. Ela estava confortável dentro do bulbo — que era sua casa —, debaixo da terra. Um dia, a chuva caiu e as gotas escorreram pelo cobertor de neve. Logo um raio de sol bem preguiçoso, toc, toc, toc, bateu no bulbo.

— Entre — disse a flor.

— Isso eu não posso fazer — falou o raio de sol. — Estou muito fraco, só vou ficar forte no verão.

— E quando será o verão? — quis saber a flor.

O verão ainda estava muito longe. A neve permaneceu e a água da chuva virou gelo. A flor estava ansiosa. Cansada de tanta espera, sentiu um formigamento e uma enorme vontade de alongar-se. Precisava sair. Dias e noites sonhava como seria maravilhoso o momento de dar bom-dia ao sol.

Até que não resistiu mais. Esticou-se, rompeu a casca fina da sua casa de bulbo suavizada pela água da chuva e irrompeu no meio da neve com suas folhas espessas, seu caule verde e sua flor branca.

— Oi! Não aguentei esperar mais — saudou os raios de sol que saltitavam ao seu redor refletidos pela neve.

— Que bom — falaram juntos os raios de sol. — Você é a primeira, o nosso amor. Você vai chamar o verão, a neve vai derreter, o vento gelado vai embora. Nós vamos reinar de novo e o verde vai voltar.

Vendo tanta alegria, o vento ficou com ciúmes. Se esfregou bastante na neve e no gelo até quase ficar branco e soprou:

— Flor, você veio muito cedo. Devia ter ficado na sua casa debaixo da terra. Agora nós vamos te quebrar e te congelar.

O vento soprou forte, rodopiou gelado pelo caule, subiu bem alto na montanha e desceu em disparada em direção a flor. Ela abaixou sua cabeça de flor branca e pensou bem forte no verão e no calor do sol. Desejou tão profundamente que um calor surgiu dentro dela e, enrolada no seu vestido branco de neve, resistiu a todos os ataques.

— Os raios de sol são mentirosos. Eles enganaram você — assoprava o vento para desanimar a flor. — O verão nem existe.

Uma vez, quando o vento tinha subido na montanha para se esfriar mais ainda, surgiu uma moça que tinha ido passear na neve.

— Que linda! É a primeira que vejo — falou ela toda feliz e arrancou a flor do chão.

A flor foi beijada pela jovem. Ficou tão encantada com aquelas mãos quentes e com aquele beijo suave que nem notou que estava sendo levada embora do bosque. Quando chegou à casa quentinha e foi colocada em um vaso, teve certeza: o verão havia chegado.

A moça, então, escreveu um poema para o seu amado que estava muito, muito distante, e colocou a flor entre as páginas. No saco do correio, ela não gostou nada de ser pressionada e espremida até chegar ao destino. Lá, foi cheirada e beijada antes de ser guardada em uma gaveta com muitas outras cartas.

O tempo passou, veio o verão e depois, outro inverno. Quando foi retirada da gaveta, notou que o jovem estava muito nervoso. Pegou as cartas com violência e jogou todas para o ar. A flor até lembrou seu tempo de luta contra o vento, antes de cair no chão, onde quase foi pisada. Ficou ali até que a arrumadeira, sem saber que o moço estava nervoso porque sua amada tinha se apaixonado por outro no último verão, pegou a flor e colocou-a no meio do primeiro livro que encontrou.

Era um livro de poemas. A flor passou a viver entre versos e a ansiar ver o livro ser aberto e lido. Não esperava mais a chegada do verão. Seus raios de sol eram os olhos do rapaz que passeavam e se emocionavam com cada palavra, com cada rima. De página em página, a flor agora marcava a força de um amor que acabou cedo demais.